エルシー
5歳の時に修道院に捨てられた
シスター見習いの少女。
神様のお嫁さんになるべく日々励む猪突猛進娘だが、
妹の身代わりとして国王のお妃候補に⁉

高飛車な公爵令嬢
クラリアーナ
国王よりもお菓子に興味？
セアラ（エルシー）

～王太后のお茶会にて～
女嫌いの国王陛下
フランシス
心優しいお妃候補
イレイズ

CONTENTS

元シスター令嬢の身代わりお妃候補生活

神様に無礼な人はこの私が許しません

狭山ひびき

ill.しんいし智歩

プロローグ

「んー！　今日もいいお天気！」

シャルダン国王都から少し東。

低い山に囲まれたのどかなケイフォード伯爵領は、すっかり初夏の装いだった。

ここのところ快晴続きで、燦々《さんさん》と照り付ける日差しを浴びて、修道院の裏手の山の新緑が日に日に緑を増していくようだ。

ケイフォード伯爵領の修道院でシスター見習いをしているエルシーは、空に向かって大きく伸びをすると、竹を編んで作った大きな籠の中から洗ったばかりのシーツを取り上げた。

修道服のベールの下の銀色の髪が、俯《うつむ》いた拍子にさらりと一房こぼれ落ちる。

今日の空のように青い瞳は、無邪気な子供のようにキラキラと輝いていた。

「絶好の洗濯日和ね！」

青空の下でパンツとシーツを広げると、なんとも言えない爽快感を覚える。

シーツを干した縄の端っこはオレンジの大木の枝にくくりつけられていて、洗濯物をかけるたびに小さな葉擦れの音を立てる。

オレンジの木の奥には、大人の背丈よりも高い分厚い灰色の壁があり、それはエルシーが五歳の時から十一年間すごしている修道院を、まるで外界から遮断するかのように取り囲んでいた。

決して広くはない庭では、四歳から十歳までの子供が笑い声を上げながら走り回っている。

彼らはこの修道院で預かっている子供たちだ。

「あなたたち、ボール遊びはいいけど、洗濯物にぶつけたらダメよ？」

その子らの手に土で汚れた古いボールが握られているのを見て、エルシーは腰に手を当てて注意をする。

子供たちは「はーい！」と元気な声を上げたけれど、あの反応は、理解しているのかしていないのか少々怪しいところだった。

おとといも洗ったばかりの洗濯物を泥だらけにされたエルシーは、洗濯物を干す場所を移動した方がいいかしらと考えたが、修道院の裏はここよりもずっと日当たりが悪い。

「院長先生に相談かしらね」

子供たちに遊びを我慢させるのも忍びない。幼い子供たちは夢中になったら言いつけられたこともうっかり忘れてしまうので、洗濯物を本気で守りたければ彼らに遊びを我慢させるか、洗濯物を干す場所を変えるしかないのだ。

十一歳より上の子らは、この時間は近くの学校に通っている。

修道院で面倒を見ている子らは、それぞれの理由から親が育てられなくなって預けられている子がほとんどだ。中にはエルシーのように、幼いころに親に捨てられた子供もいる。そんな子らを分別ある大人に育て上げ、時が来たら社会に送り出すのがこの修道院の役目だった。

エルシーのように、成人である十六歳になっても居残って、シスターを目指す子供がいないわけではないが、多くはここを出て独り立ちしていく。

この春にも一人、十六歳になったエルシーの友人が、貴族の邸《やしき》の使用人として働くことが決まって出て行った。

それを淋《さみ》しいと思ってしまうのは、エルシーにはここから出て行くという選択肢がないからだろうか。

（って、わたしはグランダシル様のお嫁さんになるって決めたんだから！　それはとても名誉なことなのよ！）

グランダシルとは、シャルダン国で信仰されている神の名だ。

シャルダン国は信仰の自由が許されている国で、国内にはいくつもの宗教が存在するが、グランダシル神が一番広く信仰されている。国教というほどではないが、それに近い扱いだ。

そして、シスターになることを、俗に「神様のお嫁さんになる」と言う。シスターは生涯独身ですごすことが義務づけられているからだ。

洗濯物を干し終えたエルシーは、子供たちがボールをぶつけないか心配しつつも、いつまでもここで子供たちの監視をしているわけにもいかないので、レンガ色の建物の中へ戻った。

シスター見習いであるエルシーは、このあとシスターたちとともに礼拝堂の掃除をしなければならない。

シスター見習いも、ほかのシスターと同じように、禁欲的な露出の少ない紺色の修道服を着せられる。

修道服はくるぶしまで丈があるので、走ろうと思っても裾が邪魔をしてろくに走れない。エルシーは洗濯籠を洗い場に置くと、できるだけ急ぎ足で礼拝堂へ向かった。

ひんやりとした礼拝堂の中に入ると、すでにシスターたちが掃除をはじめている。

遅れたことを詫《わ》びると、一番近くにいたイレーネがおっとりと微笑《ほほえ》んで首を横に振った。

「いいのですよ。エルシーは毎朝洗濯物を干してくださっているのですもの」

修道院の仕事は、シスターやシスター見習いが当番制で行っている。時には子供たちも手伝ってくれるけれど、洗濯だけはここ何年もずっとエルシーが担当していた。

それは、エルシーが誰よりも早起きで、そして誰よりも洗濯の仕事が好きだからにほかならない。汚れた服を洗って、青く晴れた空の下に干すあの爽快感を味わいたくて、自ら率先してやっているのだ。

「ほんと、エルシーって変わってるわよね」

「見習いだけど、わたくしたちの中で一番シスターらしいんじゃないかしら」

「たまにドジで抜けてるけど」

「ま、そこがエルシーのいいところよ」

「でも、洗濯物を汚されたからって、修道服の裾をたくし上げて子供たちを追いかけるのはどうかと思うわ」

「洗い直しになった悔しさはわからないでもないけど、そんなことをするからあの子たちに舐《な》められるのよ」

ここにいるシスターたちは、エルシーを五歳の時から知っているので、みんな姉や母のような存在だ。

くすくす笑いながら雑巾がけの手を止めてからかってくる。

エルシーは肩をすくめた。

子供たちがエルシーに怒られても怖がらないことはよく知っている。シスターたちは皆穏やかで優しいが、おっとりしているイレーネですら怒るととても怖いことで有名で、子供たちは全員シスターの言うことはきちんと聞くのだ。エルシーの注意も聞いていないことはないのだが、恐れられていない分、耳半分でしか聞いていない。

「だから洗濯物の干す場所を変えられないかと思って」

エルシーが言えば、シスターたちはそろって首を傾《かし》げた。

「あら、でもあそこが一番日当たりがいいのよ？」

「あの木が一番縄をくくりつけるのにちょうどいい高さだし」

「洗い場からも近いから、干すのも楽でしょう？」

シスターたちの言う通りだ。しかし、こうも頻繁に洗濯物を泥んこにされてはたまったものではない。

（どうしたものかしらね……）

唸《うな》っていると、ギィッと礼拝堂の扉が開いた音がした。

全員が一斉に振り返り、慌てて頭を下げる。院長のシスター・カリスタだ。

シスター・カリスタは今年で六十になる。穏やかで優しい性格で、エルシーがここに入れられた時からずっと院長だった。かつては、没落した子爵家の令嬢だったらしく、立ち振る舞いはここにいる誰よりも気品がある。

「盛り上がっているわね。なんのお話？」

カリスタは無駄話をしていることを咎《とが》めたりせず、目尻に皺《しわ》を寄せて微笑んだ。

「洗濯物の干し場を変えられないかと相談していたんです」

エルシーが答えると、子供たちが頻繁に洗濯物を汚すことを知っているカリスタは、「そうねえ」と頬に手を当てて考えてから言った。

「でも、洗濯物の場所を変えるのは大変だと思うわ。ロープを張りなおさないといけないし」

「じゃあ、子供たちの遊び場を変えられませんか？　あ、ほら！　梨園！　あそこなら広いし、ここの隣だから安心ですよね」

梨園は、修道院のすぐ隣にある。

梨園を営んでいる老夫婦が引退を決めて、後継ぎもいないから、よかったら修道院で活用してくれないかと申しでてくれたのだ。

梨の実は貴重な食料になるし、多くとれた分はバザーで売れば収入にもなる。断る理由はないと、カリスタは二つ返事で了承し、先月からシスターたちが管理をしていた。

梨の木と木の間は広めに間隔がとられているので、子供たちが走り回る分も問題ない。

「エルシーっていつもはボケボケしてるけど、たまに名案を思い付くわよねえ」

「意外と周りをよく見てるのよね」

シスターたちが感心したように言い、カリスタも少し考えたあとで頷《うなず》いた。

「そうね、そこならいいかもしれないわね」

「やったあ！　わたし、ちょっと子供たちに言ってきます！」

「あ、ちょっと、エルシー!?」

ぱあっと顔を輝かせたエルシーは、修道服の裾をたくし上げて勢いよく礼拝堂を飛び出していく。

（これであの子たちも庭より広いところで遊べるし、一石二鳥だわ！）

庭まで走っていくと、エルシーは大声を張り上げた。

「あなたたち、梨園で遊んでいいわよ！　あそこなら思いっきりボールが投げられるわ！」

「本当!?　エルシー！」

「前はダメって言ったじゃん！」

「あの時は掃除がまだだったからよ！　でも今は大丈夫！　院長先生もいいって言ったわ！」

「やったあ！」

「さすがエルシー！」

「大好きー！」

子供たちがわあっと歓声を上げて手放しに褒めてくれるから、エルシーは得意げに胸を張った。こういうとき、エルシーはシスター見習いでよかったと思う。まだまだカリスタやほかのシスターたちのようにうまく人を導くことはできないが、エルシーでも子供たちを笑顔にすることはできるのだとちょっぴり誇らしい。

「でも木登りはしちゃダメよ？　危ないからね！」

「「はーい！」」

子供たちがきゃあきゃあ叫びながら梨園へ走っていく。

子供たちが全員梨園へ移動したのを見届けたエルシーが満足して礼拝堂に戻ると、あきれ顔のシスターたちが出迎えた。

「戻って来たわ、猪突猛進娘《ちょとつもうしん》」

「本当、いくつになっても落ち着きがないわねえ」

「服を太ももが見えるくらいたくし上げるのは、淑女としてもどうかと思うわ」

「「本当に、この子ったら」」

さっきまで子供たちに感謝されて得意げだったエルシーは、シスターたちに口々に注意されてしおしおと縮こまった。

そんなエルシーに、カリスタがくすくすと笑って手を叩《たた》く。

「はいはい！　洗濯物の件も解決したことだし、おしゃべりはそのくらいにしましょうね」

「はーい！」

エルシーはシスターから雑巾を受け取ると、礼拝堂の床をせっせと磨く。

礼拝堂はグランダシル神の家だ。神様に心地よく過ごしてもらえるように、ピカピカに磨き上げなくてはいけない。

エルシーはこの場所が大好きだ。

幼いころ、居場所をなくしたエルシーを温かく迎え入れてくれたカリスタやシスターたち。

そして、いつも見守ってくれているグランダシル神。

ここで生きて、カリスタのように大勢の人を導いて、そしてここで死ぬ。エルシーはそう決めている。

黙々と掃除を続けていると、カリスタが思い出したように顔を上げた。

「それはそうと、エルシー。今日の午後から、お客様がいらっしゃいますよ。あなたに面会希望です」

「お客様ですか？　……わたくしに？」

エルシーが驚くのも無理はない。五歳の時にとある理由からここに捨てられて、十六歳の今日まで、エルシーに会いに来た人間は一人もいなかった。

「ええっと……どなたでしょう？」

もしかしたら、この春に就職先が決まって出て行った、ここでともに育った友人だろうか。

ちょっぴり期待しながら訊《たず》ねると、カリスタは困った顔をして言った。

「それがねえ、領主様……ケイフォード伯爵なのですよ。あなたのお父様の……」

エルシーは思わず、素っ頓狂な声を上げた。

「はい？」

ヘクター・ケイフォード伯爵。

言わずと知れたこの地の領主の名前だが、なんと彼が、エルシーの父親だったらしい。らしい、というのは、エルシーは今日まで、父親の名前を知らなかったからだ。

エルシーは五歳の時まで家族と暮らしていた。その記憶は朧気《おぼろげ》には残っているけれど、正直いって家族の顔は覚えていない。

はっきり覚えているのは、修道院に連れてこられた際に、父親らしき男から言われた一言だけだ。

——お前は死んだ娘だ。

どういう意味かはわからなかった。

ただ、以来一度も家族が会いに来てくれなかったことを考えるに「死んだと思って捨てることにした」という意味だったのだろうかと推測している。

縁切り宣言に等しい発言をして捨てたエルシーに、どうして今ごろ、父親を名乗る男が会いに来たのだろうか。

頭の中が「？」でいっぱいのまま、午後になって、エルシーはカリスタのあとをついて院長室へ向かう。

ヘクターは院長室にいるらしい。

院長室が近づくにつれて、胸の中に緊張が広がっていく。その中に小さな期待を抱いてしまったのは、心の中で「家族」というものに憧れを抱いていたからかもしれない。

近所の子供が、「お父さん」「お母さん」と呼んで駆けて行くのを、うらやましいと思ったことがあるのは事実だった。

修道院の暮らしに不満はないし、シスターになると決めたのはエルシーだ。

カリスタが言うには、エルシーは事情があってこの修道院から出してはいけないことになっているらしく、生涯ここで生きていくことは決定事項だったけれど、シスターになると決めたのは間違いなく自分自身。だから、今更ここから出たいとは、これっぽっちも思っていない。

でもやっぱり、「家族」には憧れを持ってしまうもので、エルシーは無意識のうちにどきどきと高鳴る胸を押さえた。

そんなエルシーに、カリスタは扉を開ける前に振り返って、申し訳なさそうに言う。

「エルシー、ここを開けたらあなたは傷つくかもしれないわ。でも覚えておいて。わたくしたちは全員あなたの味方よ」

その言葉で、エルシーの心が急速に冷めた。

エルシーの父親は、エルシーに会いたいからここに来たわけではないのだと悟ったからだ。

変に期待をすればエルシーが傷つく。それがわかっているから、カリスタは一言釘《くぎ》を刺したのである。

「大丈夫です」

どうして少しでも期待してしまったのか。十一年間一度も会いに来なかった家族が、エルシーを温かく抱擁してくれるはずはないのだ。

(この向こうにいるのは他人。わたしはシスターになるの。だから、大丈夫)

どんなに冷たくされても、傷ついたりはしない。

だって、血のつながった家族がいなくたって、ここのみんながエルシーにとって大切な家族だからだ。

エルシーが自分に言い聞かせて頷けば、カリスタがそっと院長室の扉を押し開けた。

さほど広くないが日当たりのいい院長室の応接用のソファに、中肉中背の、四十過ぎほどの男が座っていた。彼がエルシーの父親のヘクターだろうか。

男はソファに座ったままじろじろとエルシーを不躾《ぶしつけ》に眺めて、ベールを取るように言った。

エルシーがカリスタを見れば、無言で頷かれたので、頭を覆っている紺色のベールを取る。

さらり、と銀色の髪が揺れた。

「さすがによく似ているな」

男は言った。

ようやくカリスタがエルシーに座るように言ったので、エルシーはカリスタとともに男の対面に座る。

「エルシー。こちらがヘクター・ケイフォード伯爵ですよ」

わざとだろう。カリスタは「あなたの父親の」という言葉は使わなかった。

エルシーは頷いて、静かに頭を下げる。

「……はじめまして、ケイフォード伯爵」

はじめましてと言ったのも、父と呼ばなかったのも、それが最善だと判断したからだ。けれどもヘクターはそれが気に入らなかったのか、片眉を跳ね上げた。

「院長、エルシーに私が父親だとは告げなかったのかね？」

カリスタはにこりと笑った。

「告げてはおりますが、こちらにエルシーを連れてこられた際、伯爵はエルシーとは金輪際縁を切り、二度と会いに来ることはないと、そうおっしゃいましたから。この子もあなたの意思を汲《く》んで、他人として接しているのですよ」

エルシーは別にそういうつもりではなかったのだが、カリスタが言うことに異は唱えなかった。どちらにせよ、目の前の父親のことは他人と思っていた方があとあと傷つかずにすむ気がしたのは本当だからだ。

ヘクターはその返答も気に入らなかったらしい。

エルシーに向きなおり、さも当然というように命じた。

「エルシー、お前は今すぐこの修道院を出て我が伯爵家へ戻るように」

「なんですって？」

声を上げたのはカリスタだ。前もって聞いていなかったのだろう。きつく眉を寄せて、なじるようにヘクターを見る。

「おっしゃる意味がわかりかねますが。エルシーとは縁を切るとおっしゃったのは伯爵でしょう。ご説明願います」

カリスタはエルシーを守るように彼女の肩に手を回した。

ヘクターはじろりとカリスタを睨《にら》んだ。

「親が娘を迎えに来たというのに、理由を求めるのか？」

「ええ。当然です。ここに入った時点で、この子はわたくしの子も同然ですもの。第一、あなたがたがエルシーをここへ連れてきた理由をわたくしは忘れておりませんよ。双子だから縁起が悪いと言って、双子の片割れのエルシーを捨てることにしたと、そうお聞きしました。五歳まで待ったのはより器量のいい方を手元に置きたかったから、そうでしたわね？」

エルシーは知らなかった。

(そう言えば……妹がいた気がするわ)

あまり一緒に遊んだ記憶はない。部屋も別々にされていて、食事のときにしか顔を合わせたことがなかったけれど、エルシーには確かに妹がいた。双子だったのは知らなかったけど。

つまり、エルシーが捨てられたのは、双子の妹と比べて出来が悪いと判断されたから、そういうことなのだ。

怒りも悲しみもわかなかったが、そんな理由で人は簡単に子供を捨てるのだと、エルシーは茫然《ぼうぜん》としてしまった。

ヘクターは苦虫をかみつぶしたような顔をして、はあ、と息を吐いた。

「今更取り繕っても無駄だな。わかった」

説明する気になったらしい。

きっとよほどの理由があるのだろうと、エルシーが黙って聞く姿勢になると、ヘクターは言った。

「セアラ……お前の双子の妹が、陛下の妃《きさき》候補の一人に指名されたんだ」

妃候補とはなんだろうかと思っていると、ヘクターが簡単に説明してくれる。

なんでも、新王が立った際に、王の妃を決めるため、国内から十三人の妃候補が選ばれるらしい。そしておよそ一年間、十三人の妃候補たちは王宮で生活して、新王はその中の一人を正妃に選ぶそうだ。

戴冠の際に、すでに王太子時代からの妃を得ている王もいるそうだが、即位後は彼女たちは基本的には側妃として扱われる。正妃は必ず、十三人の妃候補から選ばなければならないというしきたりで、それはいろいろな政治的な理由があるそうだが、エルシーにはよくわからない。

ちなみに現王は二か月前に王位を継いだばかりの二十歳で、誰一人として妃を娶《めと》っていないから側妃もいないという。

そしてその十三人の妃候補の中に、エルシーの双子の妹であるセアラが選ばれた。

ここまではわかったけれど、それでどうしてヘクターがエルシーを迎えに来たのかが理解できない。

カリスタも同様だったようで「だからなんだというのです?」と冷ややかに訊ね返した。

ヘクターは面倒くさそうに続けた。

「セアラが選ばれたが、セアラは先日階段から転がり落ちて顔に大きな痣《あざ》を作ってしまった。顔に痣を作ったまま王宮に入れば、あっという間に妃争いに負けてしまう。だから痣が治るまで、エルシー、お前が代わりに王宮へ入るんだ。幸い双子で、顔立ちもよく似ている」

「おふざけになっていらっしゃるんですか?」

カリスタが怒りもあらわに言った。

エルシーは逆に啞然《あぜん》としてしまって、どう反応していいのかもわからない。

「身代わり期間が終わればここに返してやる。少しの間のことだ。娘なら親への恩を返すつもりで、協力するのが当然だろう」

「何が親ですか！　子を捨てた人間が、堂々と親を名乗るものではありません！」

カリスタが我慢ならないとばかりに立ち上がった。

「お引き取りください！　ここに入った時点でエルシーはわたくしの子！　いくら血のつながりがあろうと、決してそのような都合で引き渡しはいたしません！」

カリスタがここまで怒るのは、エルシーが知る限りはじめてのことだった。エルシーのために怒ってくれている。

エルシーは心が温かくなるのを感じて、カリスタに続いて立ち上がった。

「お断りいたします。どうかお引き取りください、ケイフォード伯爵」

カリスタの隣で頭を下げると、ヘクターが鼻白んだ。

「断ればここへの寄付……年、金貨百枚の寄付を打ち切るが、それでもかまわないんだな」

(金貨百枚の寄付!?)

頭を下げたまま、エルシーは目を見開いた。ヘクターは毎年、そのような多額の寄付をしていたのか。もしかしたら伯爵家ではたいした金額ではなかったのかもしれないが、修道院はいつもギリギリのところでやりくりをしていたから、その寄付が打ち切られれば立ち行かなくなることは間違いない。食べ盛りの子供たちも大勢いるのだ。彼らがお腹《なか》を空かせるようなことにはなってほしくない。

「たとえそうであろうと――」

カリスタがそれでも断ろうとするのを、エルシーは慌てて止めた。

「院長先生、待ってください」

エルシーは頭を上げて、ヘクターを見つめた。ヘクターはすっきりと整った顔立ちをしていた。父親と言うだけあって、目鼻立ちは少し自分と似通ったところがある。エルシーを見る目に温かさはこれっぽっちも感じられなかったが、そこに確かな血のつながりを感じて、エルシーは複雑な気持ちになった。

「わたくしが行けば、寄付を打ち切らないでくださいますか？」

「ああ。なんなら上乗せしてやってもいい」

「エルシー！」

カリスタが止めようとしたが、エルシーは首を横に振った。

ちょっとの間――双子の妹だというセアラの顔の痣が治る間、身代わりになるだけだ。すぐに戻ってこられる。ちょっと我慢するだけだ。それで寄付が今まで通り、いや、それ以上に増えるのならば、こんないい話はないではないか。

「身代わり期間が終われば、返してくださるんですよね」

「もちろんだ。我が家に双子が生まれたなどと、知られるわけにはいかないからな」

あんまりな言い方だったけれど、エルシーは気にならなかった。帰れるならそれでいい。

「わかりました。言いつけに従います」

「エルシー！」

考え直しなさいとカリスタが言うけれど、エルシーは笑って首を横に振った。

どんなひどい痣だって、数か月もすれば元に戻るだろう。エルシーは子供のころからよく転んで青痣を作っていたが、すぐに治った。だからそれほど長い間ではない。

「梨の実がなるころには、きっと戻って来られますから」

そして、梨園で子供たちと梨狩りをするのだ。エルシーがそう言えば、カリスタは諦めたようにうなだれた。

「あなたは本当に……昔から言い出したら聞かないのですから……」

こうしてエルシーは、双子の妹の身代わりで、王宮へ入ることに決まったのだった。

◆

慌ただしいことに、王宮に入るのは修道院を出て十日後のことだった。

王都までの移動に三日かかるため、ケイフォード伯爵家でできた淑女教育は本当に付け焼刃。

母だという人はエルシーにさほどの興味もないようで、「セアラが王宮に入ったあと恥をかかないよう細心の注意を払いなさい」と冷ややかに注意したきり、一度も口をきこうとはしなかった。

セアラは十一年ぶりに会う双子の姉と、そして姉が育った修道院に興味津々で、あれやこれやと質問してくる。顔立ちは似ているが、エルシーよりも少しふっくらしていて、のんびりした自由な性格をしていた。

顔の痣はエルシーが想像していたよりもひどくて、右目の上から下まで大きく広がっている。よほど強くぶつけたのだろう。

なんでも、飼い猫を追いかけて階段を駆け下りた際に足を滑らせて転がり落ちたそうで、顔以外にも、足や腕や肩など、あちこちに痣があるらしい。伯爵家のお姫様なのに、なかなかお転婆だ。育った場所は違えど双子だからなのか、なんとなくエルシーと行動が似ている気がしてちょっとおかしくなる。

「ねえ、エルシー、手紙を書いてもいい？」

セアラが痣を作ったせいで、エルシーはこんな面倒なことに巻き込まれているというのに、彼女はお気楽にそう訊ねる。

それを聞きつけたヘクターが「ダメに決まっているだろう！」と怒鳴ったけれど、怒鳴られてもセアラは平気な顔をして「わたくしだって、ばれなければいいんでしょ？　侍女の名前を使うから大丈夫よ」などと言って、父親をやりこめていた。

侍女は王宮で用意されるため、身一つで王宮に入らなくてはならないらしい。

なんでも、初対面である侍女たちをうまく使えるかどうかも、妃選びの重要なポイントの一つだそうだ。将来人を従えられる器かどうかを測るらしい。

(お貴族様って大変なのね)

そんなことを考えながら生きていかなければならないなんて、修道院で育ったエルシーには考えられない。

人を使うよりも一緒に仕事をした方が楽しいに決まっている。

「セアラの痣も、一、二か月もすれば治るだろう。それまで頼んだぞ」

ヘクターにそう見送られて、王宮からの迎えの豪華な馬車に乗り込んだ。

物語でしか知らないような優美な曲線を描く馬車には、四頭の白馬がつながれている。護衛騎士が四人もいて、王宮でエルシー付きになるという二人の侍女も一緒に迎えに来ていた。

エルシーが馬車に乗り込むと、にこりともせずに侍女二人が頭を下げる。

「はじめましてお妃様。わたくしはダーナ、隣がドロレスでございます」

そう言ったダーナは、黒髪に黒い瞳のキリリとした印象の女性だった。年は二十三だという。隣のドロレスは赤茶色の髪に茶色の瞳で、どことなくおっとりしている。こちらは十七歳だそうだ。

エルシー――いや、セアラはまだお妃候補で、「お妃様」ではないのだが、候補は全員「お妃様」と呼ばれるそうだ。

「ここから三日間かけて王宮へ向かいます。この間、王宮のしきたりなどをご説明いたしますから覚えてください」

キリッとした顔でダーナが言った。

「わかりました、お願いしますね」

エルシーが頷けば、ドロレスがくすりと笑う。

「まあ、お妃様。わたくしたちに敬語を使ってはいけませんわ」

そういうものなのか。二人ともエルシーより年上なのに、敬語で話してはいけないというのは少し緊張する。

「そ、そうなのね。わかったわ」

戸惑いつつも頷けば、ひとまずは及第点がもらえたらしい。「その意気ですわ」とドロレスが頷く。

「ではまず、お妃様がおすごしになる王宮ですが、城の裏手側にあります。王宮は十三棟あって、すべて回廊でつながっております」

「お妃様は国内の貴族令嬢たちの中から選定されていて、上は公爵令嬢、下が伯爵令嬢まで十三人いらっしゃいます」

「なるほどー」

ダーナに続いてドロレスが言ったが、エルシーは身分社会がよくわからないので適当にわかったふりで頷いておいた。

「お妃様のお城への出入りは基本的には禁止されております。お城へ行けるのは、陛下がお認めになった場合や、お城で開かれる茶会やパーティーがあったときにのみとなります。くれぐれも許可なくお城へ立ち入らないでくださいませ」

「わかったわ！」

釘を刺されなくても大丈夫。お城には興味がないのでエルシーが自分の意思で立ち入ることはない。

エルシーがにこにこと笑いながら大きく頷くと、ダーナが少し変な顔をした。

「本当にわかっていらっしゃいますか？　陛下に無闇に会いに行かれてはいけませんと申しているのですが」

「うん、会いに行かないから大丈夫よ！」

陛下とやらにも興味はない。

ダーナはますます変な顔をしたが、気を取り直したようにコホンと咳《せき》ばらいをして続ける。

「里帰りは三か月に一度許可されます。事前に申請が必要で、許可される期間は移動距離を除いて二週間となりますのでご注意ください」

移動距離を除くのは、遠方に領地がある令嬢への配慮らしい。ただ、ほとんどの貴族が王都にも別宅を構えているので、だいたいそちらへ帰ることになるとのことだった。ヘクターも王都に邸を持っているが、エルシーのことを知られたくないので、里帰りの時期になれば領地まで戻ってくるように言われている。

そのほかについては特に決まりはなく、王宮の中であれば自由にすごしていいそうだ。

（つまり、二か月と少しは王宮生活かー）

ヘクターが言うには一、二か月で痣も消えるだろうとのことなので、最初の里帰りの時に入れ替われそうだ。思ったよりも早く修道院に帰れそうである。

エルシーはホッとして、説明してくれたダーナに「どうもありがとう」と言うと、ちょっと不思議そうな顔をされた。

「ご質問はございませんか？　陛下のことなどお知りなりたいのでは？」

「ううん、大丈夫」

エルシーは身代わり。王の妃にはなれないし、なるつもりもないから、国王のことを訊ねても仕方がない。それは入れ替わったあとセアラがする仕事だ。

「本当にほかにお訊《き》きになりたいことはございませんの？　例えば、ほかのお妃様のこととか……」

ダーナがなおも訊ねてくるから、ないわと首を横に振ろうとして、ふと訊きたいことを思いついた。

そうだ、どうしても確認しておかなければならないことが一つあった。

「訊きたいことがあるわ」

エルシーがそう言うと、あれほど質問がないのかと促していたにもかかわらず、ダーナがすっと険しい顔をした。

どうしてそんなに怖い顔をするのかわからなかったけれど、エルシーはかまわず訊ねる。

「ねえ、王宮の礼拝堂はどこにあるのかしら？　自由に出入りして大丈夫？」

ダーナはぱちぱちと目を瞬《しばたた》いた。

「………はい？」

「礼拝堂？」

ドロレスもきょとんとして首をひねった。

「ええ、礼拝堂！　毎日の掃除とお祈りが日課なの」

「……日課？」

「お妃様が？」

二人はますます解《げ》せない顔をしたが、怪訝《けげん》がられていると気づかずエルシーは続けた。

「グランダシル様に毎日の感謝を捧げるのよ」

「ええっと…………お妃様は敬虔《けいけん》な方なのですね」

ダーナが無理やり自分を納得させるような言い方をして、隣でドロレスが困ったように微笑む。

「礼拝堂でしたら、王宮の一番端っこにございますわ。朝の六時から夕方の五時まででしたら、出入りしても問題ございません」

「朝の六時から夕方の五時まで？　時間が決まっているのはどうして？」

エルシーがきょとんとすると、ダーナが小さく息を吐いて言う。

「お妃様の身の安全のためですわ。王宮の中は警備兵がいるとはいえ、あまり遅い時間に歩き回るものではありません」

「つまり、門限ってこと？」

「厳密ではございませんが、そのようなものとお思いになっていただいてかまいません。それに、夜は陛下がお渡りになるかもしれませんから」

「まあ、陛下も礼拝堂でお祈りするの!?」

王にはまったく興味はなかったが、礼拝堂に足を運ぶなら話は別だ。エルシーの中で国王フランシスへの好感度が爆上がりした。

「「…………」」

それなのにダーナとドロレスはそろって沈黙して、酸っぱいものでも食べたような微妙な顔をする。

ダーナがすごく言いにくそうに口を開いた。

「いえ……陛下はお祈りされるのではなく、お妃様の元をお訪ねになるのですよ」

「そうなの？　なあんだ。でもどうして陛下が訪ねて来るの？」

「「…………」」

ダーナとドロレスはまた沈黙した。今度は二人そろって額を押さえて馬車の低い天井を見上げる。

（二人ともどうしたのかしら？）

天井に何かあるのだろうかと二人に倣って上を向いてみたが、特に何も見当たらない。

「ええっと……お妃様は、陛下のお妃様候補ですよね？」

「もちろん」

エルシーは身代わりだが、セアラはれっきとした妃候補だ。どうしてそんなことを訊くのだろう。

「陛下がお渡りにならなかったら、その、困りますよね？」

「なんで？　は！　もしかして陛下がいらっしゃらなかったら礼拝堂に入っちゃダメだったりするの!?」

それは困る。

シスター見習いだったエルシーは、毎朝礼拝堂で祈りを捧げるのが日課だった。これをしないと一日中落ち着かないのだ。

「それはありません！」

エルシーがあわあわしていると、ダーナが少し強めにエルシーの勘違いを正した。

「お妃様、陛下と礼拝堂は関係ありませんわ」

ドロレスも困ったように頬に手を当てる。

「それでお妃様、礼拝堂の件はいったん置いておくとして、ほかにわたくしたちに質問はございますか？」

「ないわ」

礼拝堂さえ自由に出入りできることがわかればそれでいい。

修道院暮らしのエルシーは、部屋の内装にも、ドレスにも宝石にも、なんにも興味はない。妃候補だというくらいだから食べるものは用意されるだろうし、裸で生活しろなどと無茶なことは言われないだろう。

欲を言えば洗濯をさせてほしかったが、あまり妙なことを言うと不審がられるかもしれないので黙っておく。

だからこれ以上、訊くべきことはないのである。

「そう……ですか」

ダーナが解せない顔をしたけれど、もしかして妃候補はあれやこれやと質問をしなければならないのだろうか。そんなことはヘクターに教えられなかったけれど、もしかして失敗した？

「あ、あの、わからないことができたらその都度訊くことにするわ」

エルシーが不安そうな顔をすると、ドロレスがおっとりと笑った。

「不安そうな顔をなさらなくても、ダーナはただ、想像していたのと違う方が来られて戸惑っているだけですわ」

さっそくやらかしたのかもしれない。

(令嬢らしくなかったのかしら？　でもどこが想像と違ったのかよくわからないわ……)

やっぱり付け焼刃の淑女教育ではすぐにボロが出てしまうようだ。こんなことで里帰りまでの間を耐えることができるだろうか。

身代わりとしての任務に失敗したら、修道院への寄付を取り下げられるかもしれないから、エルシーはなんとしてもセアラの身代わりという重大任務を遂行せねばならないのだ。

「ど、どこが想像と違ったのかしら？　……わたくし、変？」

変なところは早く直さなければ、そう思ったのだが、ドロレスは首を横に振った。

「勘違いさせてしまったのならば申し訳ございません。変なのではなく……なんと言いますか、お妃様たちは、こういう言い方をするのはなんですけども、我先にと有力な情報を得て、正妃様の地位を勝ち取りたい方ばかりでございますので」

「……陛下のことや、ライバルであるほかのお妃様のこと、それからこれは取り入ってズルをするためでしょうが、女官長のことなどを根掘り葉掘り訊かれるものです」

ダーナがため息交じりに言った。

エルシーは思わず手を叩いた。

「なるほど、それがお妃様らしい行動なのね！」

「は？　……い、いえ、そうではありませんが……」

「違うの？」

「ええっと……、ああ、もう。ですから、そういう方が多いというだけです！　別にそのようなことを訊いてくださいと申しているのではありません」

ちょっぴり怒ったような口調。しかしその顔は怒っているのではなく戸惑いのものだった。

エルシーがよくわからずに首をひねっていると、ドロレスが続ける。

「お妃様選びは、女の戦いですからね。皆さま、ドロドロなさっておいでなのですよ」

「ドロドロ？」

「ネチネチとも言いましょうか」

「ネチネチ？」

「ギスギスと言い換えることもできますわね」

ますますわからなくなった。

（もういいわ、どうせ三か月足らずだもの、わからないことは考えるのをやめましょう）

ドロレスが言うには、訊かなかったことは別に間違いでもないようだから、それでいい。

「お妃様は、ほかのお妃様を蹴落としたいとは思いませんの？」

ダーナが不思議そうな顔で訊ねてきた。

「蹴落とす？　どこから蹴落とすのかは知らないけど、そんなことをしたら怪我《けが》をさせてしまうじゃない。そんな怖いことを望んだりしないわ」

セアラだって階段から落ちただけで痛そうな大痣を作ったのである。怪我なんてさせたら可哀《かわい》そうだ。

真面目な顔をしてエルシーが言えば、ダーナはすっかり毒気を抜かれたような顔をした。

「物理的なお話をしているわけではないんですが……もういいです」

そう言って、馬車の窓から外を眺めて、そろそろ休憩場所だと告げる。

「もうすぐ川がありますから、そのほとりで休憩になります。休めるときに休んでください。座ったままとはいえ、三日も続けば体への負担も大きいですから」

馬車はそれなりに揺れる。ここから先、舗装した道ばかりではないそうなので、道の状態によってはさらに揺れが激しくなるだろう。

修道院から出たことのないエルシーは、すでに馬車に揺られ通しでお尻が痛くなっていたから、休憩は非常にありがたかった。

（川か。この時期なら、ヨモギの新芽とかたくさん取れそうね。タンポポもたくさん生えていたら少しもらっていこうかしら）

エルシーはシスターたちと近くの山や川のほとりで野草を摘んでは調理していたから、食べられる草に詳しい。タンポポはサラダにしてもいいし、根っこは乾燥して焙煎《ばいせん》したあとでお茶にすれば美味《おい》しくいただける。ヨモギに至ってはお茶にもできるし、スープでもいいし、油で揚げて食べてもサクサクして美味しい。

川の近くで馬車が停《と》まったので、エルシーはほくほく顔で川岸に下りた。ダーナもドロレスも一緒についてくる。緩やかな土手にはお目当てのヨモギやタンポポがたくさん生えていた。

土手に座って、せっせとヨモギとタンポポを摘んでいると、ダーナとドロレスが不思議そうな顔をする。

「何をしていらっしゃるんですか？」

「ヨモギとタンポポを摘んでいるの。食べられるのよ、これ」

「……はい？」

「食べられる？」

ダーナとドロレスがそろってぽかんとした顔になった。どうやら二人は、ヨモギとタンポポが食べられることを知らなかったらしい。

「お茶にして飲んでも体にいいの」

ヨモギ茶は貧血症状にきくし、タンポポ茶は便秘にきく。これはカリスタが教えてくれたことで、この二つのお茶を飲んでいると体調がいい。ケイフォード伯爵家に連れてこられてから飲んでいなかったからか、最近ちょっと便秘気味なので、特にタンポポは多めに採集していきたかった。

納得してくれたのか、二人はそろって沈黙している。

広げたハンカチの上にせっせとヨモギとタンポポの根を採集していると、泥だらけになったエルシーの手を見て、ダーナが嘆息した。

「……馬車に戻る前に、せめて川で手を洗ってくださいね」

それはもちろん、タンポポの根もヨモギも洗わなくてはならないからついでに手も洗うつもりである。

広げたハンカチいっぱいのヨモギとタンポポの根を採取し終えたところで、休憩時間が終わりを告げた。

馬車に戻って、川で洗ったヨモギとタンポポを座席の上に広げて乾かしていると、対面座席に座っているダーナが額を押さえ、ドロレスがおっとりと頰に手をやった。

「面白い方」

ドロレスが小さくつぶやいて、くすりと笑ったけれど、面白い人がどこかにいたのだろうか。

「どなた？　あ、あのトサカみたいな兜《かぶと》をつけた人のこと？」

きっと護衛騎士の誰かのことだろうと、窓の外を見やってあたりをつければ、ダーナが言った。

「あの方は第四騎士団の副団長であるクライド様でございます。トサカなんて……滅多なこと

を言うものではありませんわ」

そう言うダーナの肩が小さく震えている。口元もぴくぴくしているからどうしたのかと思えば、隣でドロレスがあきれ顔で言った。

「もう。ダーナってば、素直に笑えばいいのに。トサカなんで……ふふ、ぴったりだと思わない？」

ドロレスが窓の外を覗《のぞ》いてそう言ったものだから、ついに我慢できなくなったようにダーナが吹き出した。

そののち、王宮につくまでの三日間、クライド副団長は三人にひそかに「トサカ団長」と呼ばれることになったのだが、それが本人の耳に入るのはもうしばらくあとのことである。

◆

三日馬車に揺られて到着した城は、びっくりするくらいに大きかった。

(うちの修道院が何個……いえ、何十個入るかしら？　はあ、すごいわ)

馬車は城の表門から入り、そのまま裏手にあるエルシーたち妃候補がすごすことになる王宮まで回るという。

王宮は表から見えないから、見えている以上に城の敷地は広いはずで、あまりの広さに、ついつい、これだけ広ければ掃除が大変だろうなと考えてしまった。

城の裏手に回れば、城に負けず劣らず大きな王宮があった。

それぞれ二階建ての建物が十三棟、それがすべて回廊でつながれ、ダーナが教えてくれたように、一番左手の端っこには小さいけれど荘厳な礼拝堂があった。

王宮は、右が一番妃候補の家格が高いそうで、左に行くにつれて低くなる。エルシーが使うのはその一番左端。礼拝堂のすぐ隣だった。

エルシーはぱあっと顔を輝かせた。

「礼拝堂のすぐそばなのね！　嬉《うれ》しいわ！」

エルシーがすごすことになる建物の前に馬車が停まるなり、エルシーは馬車から飛び降りて叫んだ。

この三日、「風変わりなお妃候補」にすっかり慣れてしまったダーナとドロレスは驚かなかったが、二人と違ってそれほどエルシーに関わることのなかった護衛騎士たちはギョッとしたような顔をする。

どうして彼らが驚いたのかその時はわからなかったけれど、あとからダーナとドロレスが教えてくれたことには、プライドの高い妃候補たちは、左に近ければ近いほど、嫌がって文句を言うのだそうだ。城から一番近いのが右側なので、そこから離れれば離れるほど国王の渡りが遠のくと考えているらしい。

ダーナがこれからエルシーの住居となる建物の玄関を開けると、そこには髪をぴっちりとひっつめた年嵩《としかさ》の女性がひとり立っていた。

ダーナとドロレスが腰を折って、彼女に向かって一礼する。

「お妃様、女官長のジョハナ様です」

女官長は妃候補たちがすごす王宮の管理責任者だそうだ。

エルシーが「はじめまして」とダーナたちに倣って腰を折ると、ジョハナは鋭い視線で一瞥《いちべつ》し、すっと隙のない動作で頭を下げる。

「ジョハナと申します。ようこそ、セアラ・ケイフォード様」

そうだった。エルシーはセアラの代わりに来たのだから、ここではセアラと呼ばれるのだ。ダーナたちからはずっと「お妃様」と呼ばれていたからうっかりしていたが、間違えてエルシーの名を名乗らないように気をつけなければならない。

短い挨拶ののち、ジョハナはピンと姿勢を正して言った。

「ここでのおすごし方についてご説明いたします。今日から一年間、お妃様にはこちらでお過ごしいただき、王宮の外に出られるのは三か月に一度の里帰り期間を除いては、陛下から城内に招かれた際のみとなります。それ以外は無闇に城の方へお近づきになりませんようお願いいたします。王宮の範囲内でしたら、庭を含めて自由に出歩いていただいてかまいませんが、不用意にほかのお妃様のご住居へ向かわれますと諍《いさか》いのもととなりますのでお控えいただきますようお願いしております」

（おおー！）

一息でここまでしゃべったジョハナに、エルシーは小さな感動を覚えた。息継ぎなしだった。すごい肺活量だ。

「次に、衣食住に関する注意点に移らせていただきます。まず、衣食住の衣についてでございますが、最初に二着のドレス、五着の下着、三足の靴が支給されます。それ以外につきましては月に一度、反物をお届けいたしますのでご自身で服をお作りになっていただく必要がございます。靴につきましては難易度が高いため、三か月に一度、二足ずつ支給いたします。また、使われた衣服についてはご自身で洗濯なさってください。次に――」

「ちょ、ちょっと待ってください」

エルシーは「なるほどー」とうんうん頷いて聞いていたのだが、ダーナが慌てたようにジョハナの言葉を遮った。ドロレスも目を丸くしている。

「そんな話は聞いておりません」

「そうですね。昨日陛下がお決めになったことですから。ここでお過ごしになるお妃様候補は例外なく、陛下がお決めになったルールに従っていただきます」

「そんな！」

「続けますよ」

ダーナはまだ何か言いたそうだったが、ジョハナに睨まれて閉口した。

「次に衣食住の食に関するルールをご説明いたします。食材は毎朝、侍女を含めて三人分のものをお届けいたします。そちらを使って自ら調理してください。ゴミは毎日夕方に回収いたしますので、裏口の前に出しておいていただければ結構です。食材に関しましては多少であれば希望を受け付けますので、必要なものがあれば三日前に侍女を通してわたくしまでご伝達いただけますと幸いです」

「……ジョハナ様、食事をお妃様自らお作りになれと？」

ドロレスが口を挟むと、ジョハナは神経質そうにぴくりと眉を動かしたけれど、親切にも答えてくれた。

「陛下のご命令です。作るのはお妃様でもあなたがたのどちらかでもかまわないのですよ。続けてよろしいですか？」

「……かしこまりました。どうぞ」

ドロレスは納得していなさそうだったけれど、憮然《ぶぜん》とした面持ちで頷く。

「最後に衣食住の住に関することでございますが」

ここまで来れば、何を言われるのかは想像がついた。

「掃除をすればいいんですよね？」

エルシーが思いついたことを述べると、ジョハナは少し目を丸くして、首肯する。

「お話が早くて助かります。その通りでございます。お使いになる建物の掃除はご自身たちで行うようにと陛下のご命令です」

「異議を申し立てます」

最後まで聞き終わったあと、ダーナが挙手しそう言った。

「異議は受け付けられません」

ぴしゃりとジョハナが言い返す。

「しかし、セアラ様はお妃様候補ですよ？　いくらなんでもあんまりです」

「そう思うならあなたがすればいいのですよ、ダーナ」

ジョハナはそう言うが、妃候補につけられる侍女たちは全員貴族出身者だという。洗濯も料理も掃除も経験したことがないだろう。ダーナは悔しそうに唇をかんだ。

でも心配ご無用。修道院育ちのエルシーは裁縫も料理も掃除も得意分野。洗濯に至っては趣味とまで言い切ることができる。どーんと大船に乗ったつもりでいてくれてかまわない。

「ご質問は？」

ジョハナがそう言ってエルシーに視線を向けた。

エルシーはにこりと微笑んだ。

「ございません。あ、やっぱりありました」

そうそう、うっかりしていた。これを確認しなくては。

ジョハナが小さく目をすがめて、「どうぞ」と促したので、笑顔のまま続ける。

「礼拝堂の掃除も、わたくしがしていいいんでしょうか？」

ここに来たときからずっと厳しい表情だったジョハナは、その質問にはじめて表情を変えた。

「……はい？」

「ダメ、ですか？」

ジョハナの顔が驚愕《きょうがく》に引きつったので、ダメなのかなと思ってしょんぼりする。

礼拝堂の掃除も日課だったから、できれば行いたかったのに。

(そうよね。だって礼拝堂はお妃様候補全員のものだから、わたし一人が独占したらダメよね)

だったらせめて当番制で、十三日に一度だけでもいいから掃除をさせてくれないかなあと思っていると、ジョハナがこめかみを押さえながら言った。

「……お好きにどうぞ」

エルシーはぱあっと顔を輝かせて、それを見たダーナとドロレスが「はーっ」と息を吐きだした。


「お妃様、悔しくないんですか？」

ジョハナが去ったのち、二階のエルシーの部屋で、用意されているドレスなどを確認しつつダーナが言った。憤懣《ふんまん》やるかたなし、と言わんばかりの機嫌の悪さである。

ドロレスも、服と一緒に用意されていたいくつかの布地と裁縫道具一式を確かめて、「自分で服を作れなんて……」と茫然としている。

しかし、親切にも部屋の中にはトルソーまで用意してくれているから、服を作れる環境は整っている。ドレスなんて難しいものは作れないだろうが、簡単なワンピースくらいなら問題ないだろう。服作りや繕い物なら、シスターと一緒にやっていた日課の一つだ。

「自慢じゃありませんが、わたくし、針仕事はどうも苦手で……」

ドロレスが心の底から嫌そうな顔でそう言った。

「大丈夫、わたくし、そういうの得意だから！　これでも意外と器用なのよ！　二人の分もわたくしが作るわ！」

自信満々に言えば、二人そろって「ああ……」と頭を抱える。

「お妃様、これは充分怒っていい状況ですよ？」

「そう？　でも、用意されている布はどれもすっごく高いやつだと思うんだけど……。ほらみて、これなんてすっごくすべすべしてるわ！　絹かしら？　絹よね!?」

「高級な布であればいいという問題ではありません！」

ダーナがぴしゃりと言ったけれど、結局どれだけ文句を言っても状況が覆らないとわかっているのか、何度目かのため息をついたまま沈黙してしまう。

ダーナとドロレスが二人そろって悲壮な顔で布地を睨んだまま動かないので、エルシーはこの部屋のことは二人に任せて、ほかを確認しに行くことにした。

一階はダイニングとキッチンと風呂場がある。

二階にはエルシーの部屋とダーナたちの部屋。

裏と表にはそれぞれ小さな庭があって、腰ほどの高さの柵でぐるりと囲まれているから、柵の内側がエルシーが自由にしていい範囲なのだろう。井戸は裏庭にあった。

一階の玄関の横には物置があって、掃除道具が詰まっている。

庭には何も植えられていない。エルシーは一度部屋に戻って、持ってきたトランクを開けた。川辺でタンポポとヨモギを採取する際に、タンポポの綿毛も取って来ていたのだ。

庭にはタンポポが生えていなかったから、この種を使って栽培しよう。適当にまいて水をやっておけば勝手に生えてくるだろう。たぶん。

(便秘症ってほどじゃないんだけど、たまになるとひどいからタンポポ茶は常備しておかないとね)

まだ川辺で採集したものが残っているけれど、大量にあるわけではない。

庭の裏手にタンポポの種をまいて、エルシーは今度はキッチンへ向かった。

今日の分の食材はすでにキッチン台の上に置かれていて、三人分とは思えないほどたくさんある。

（なんだ、とっても親切じゃないの）

ダーナたちは悲観しているが、生活するのに困らないだけのものが用意されているのだ。どこに悲観する必要があるだろう。

食事を作って、洗濯をして、掃除をして、裁縫をする。修道院での生活となんら変わらない。いや、食材も布も掃除道具も何もかも用意されているだけ、こちらの暮らしの方が何倍も楽だ。お妃候補なんてとんでもないものの身代わりにさせられたと思ったけれど、これならば楽しく暮らしていけそうである。

エルシーは食材の中で発見したカボチャを抱えて、二階に駆け上がった。

「ねえ、ダーナ、ドロレス、夕食はカボチャのポタージュなんてどうかしら？」

まだ布を見つめて沈痛な面持ちをしていた二人は能天気なエルシーの声に顔を上げ、そろって大きく息を吐きだした。

「……前から思っていましたけれど、お妃様、本当に変わっていらっしゃいますわね」

エルシーは、きょとんと首を傾げた。

国王フランシスのたくらみ

「陛下、まったく、何を考えているんですか」

城にある国王の執務室で、はあ、と大仰なため息をつくのは国王フランシスの側近アルヴィン・オーズリーである。

オーズリー伯爵令息である彼は、長めの金髪に青い瞳の線の細い青年だ。伯父が先王時代から宰相職に就いていることもあり、子供のころから頻繁に城に出入りをして、フランシスの遊び相手を務めていた過去もある。そのせいか、側近でありながら、態度は気安い。

「見てくださいよ、この苦情の山！　こうなることはわかっていたでしょう!?」

執務机の端っこに積まれているのは、先週、城の裏の王宮に入れたフランシスの妃候補たちからの手紙だ。別名、苦情ともいう。妃候補は国王の許可なくして城内に入ることはできないけれど、こうして国王に手紙を書く許可は与えられていた。その手紙は、毎日のように届けられ、一週間たった今ではこんもりと山になっている。

フランシスは読む気がないので放置しているが、手紙の中に毒物でも仕込まれていたら大変なので、これらはすべてアルヴィンがチェックしている。ゆえに書かれている手紙の内容も知っているのだが、彼に言わせれば、この手紙類にはフランシスに媚《こび》を売りつつ遠回しな苦情が書かれているらしかった。

「妃候補自らに、裁縫と掃除と洗濯と料理をさせようなんて、前代未聞ですって、あれほど言ったじゃないですか！」

これらの苦情は、フランシスの一存で決定した、妃候補たちの王宮での過ごし方にある。

妃たちにつけられている侍女はそれぞれ二人ずつ。ほかの使用人を入れることは一切禁止とし、彼女たちに自らドレスを作り、掃除をし、洗濯をし、料理までして一年間をすごせと命じたフランシスは、ニヤリと笑った。

「あれほど妃候補を入れるのは嫌だと言ったのに、お前の伯父の宰相が無理やり押し通したんだ、このくらいの意趣返しは許されるだろう」

「仕返しする先が伯父上ではなくどうして妃候補に向かうんですか！　ああ、説明しなくて結構です。どうせ、到底耐えられそうもない命令を出せば、嫌になって妃候補自ら逃げ帰ると踏んだんでしょう!?」

アルヴィンの推測はおおよそあたりだった。つけ加えるならば、好き勝手に贅沢《ぜいたく》をされて国庫を圧迫されたくなかったというそれらしい理由もある。

妃候補たちの生活費はすべて国庫――すなわち税金からまかなわれるのが決まりだ。妃候補

たちの実家からの差し入れは、危険物を持ち込まれたくないので全面的に禁止している。過去に、王宮内の熾烈《しれつ》な妃争いの末に、毒物を持ち込んでライバルを毒殺した妃候補がいたのだ。以来、妃候補たちへの実家からの差し入れは禁止され、彼女たちの生活のすべては国の支給物だけでまかなうという決まりができた。

彼女たちにつける侍女も国が人選し、教育し、妃候補たちの身の回りの世話をする傍ら、彼女たちの行動を監視し、問題行動があればすぐにでも報告するように徹底させている。

アルヴィンは妃候補たちからの手紙の一通を手に取って、はーっと息を吐いた。

「女性が嫌いなのは知っていますけどね。だからって、お世継ぎ問題もあるんですから、妃を一人も娶らないわけにはいかないでしょう。全員逃げ帰ったらどうするんですか。見てくださいよ、この手紙。『陛下はわたくしのことがお嫌いなのでしょうか？　わたくしはただ、陛下のお心をお慰めするために参りましたのに、あんまりな仕打ちでございます』ですって。えっと、ベリンダ・サマーニ侯爵令嬢からですね」

「燃やして捨てろ」

「……あのねえ、これを読んで心が痛まないんですか？」

「どこを読んでそう思える？　自分はか弱いのだとアピールして媚を売っているだけの手紙じゃないか」

「どうしてそう猜疑的《さいぎてき》に見ますかね」

やれやれとアルヴィンは嘆息して、手紙をもとの紙山の上に置く。

「一応仕事なんでつけてますけどね。はい、手紙をくださった妃候補たちの一覧です。左に名前、右に何通手紙が送られてきたか書いていますんで」

フランシスは一覧表を受け取って、その多さに辟易《へきえき》した。

「紙の無駄遣いだな。手紙用の紙の支給も月に五枚に制限しろ」

「またそんな無茶を……」

「生産性のない媚と苦情だけの手紙に高い紙を使わせるなど、金の無駄だ。どうせ最初に馬鹿みたいに渡しているんだろう？　次からケチっても問題ない」

「わかりましたよ。女官長に紙の支給について連絡しておきます」

「そうしてくれ。それにしても、妃候補たちは暇なのか。まったく、全員が全員、毎日のように――ん？」

いったいどれだけの手紙用の高級紙をくだらないことに使うんだと、一人一人使った紙の数を確認していたフランシスは、ふとあることに気が付いて手を止めた。

「おい。妃候補は十三人じゃなかったか？」

「そうですよ」

「一人、さっそく逃げ帰ったのか？　報告は受けていないが」

「いいえ、十三人、全員いらっしゃいますよ。……ああ、そういうことですか」

アルヴィンは合点《がてん》がいったと頷いて、フランシスに渡した報告書を覗き込んだ。

「一人だけ、手紙が一通も来なかったお妃様がいらっしゃるんですよ。確か……セアラ・ケイフォード伯爵令嬢ですね」

セアラ・ケイフォードと聞いて、フランシスはすぐに王都の東の小領地を治めている伯爵の顔を思い出した。

王宮に入れる妃候補たちの出自はすべて宰相から報告を受けている。親、親族ともに厄介な思想を持っていないか、政に口出ししてこないかなどなど、宰相が「問題なし」とした家柄の令嬢ばかりだ。娘の顔は知らないが、ケイフォード伯爵はなんとも神経質そうな男だった気がする。

「苦情を言ってこないとは珍しい令嬢だな」

「苦情を言われる自覚はあったんですね」

茶々を入れるアルヴィンを睨みつければ、彼はコホンと咳ばらいを一つして、誤魔化すように続けた。

「セアラ・ケイフォード伯爵令嬢についてはほかにも面白い情報がありますよ。毎朝礼拝堂の掃除をしているらしいんです」

「礼拝堂の掃除？」

「ええ。女官長からの報告なので確かですよ。なんでも、王宮に来たその日に礼拝堂を掃除したいと言い出したのだそうです」

フランシスはふんっと鼻を鳴らした。

「なるほど。媚《こ》びるにしては手が込んでいる」

「だからどうしてそう疑って――」

「では逆に訊くが、妃候補がわざわざ礼拝堂の掃除をする理由がどこにある。自分たちの住まいの掃除は自分たちでするように命じたが、礼拝堂はその対象には入れていない。放っておいても勝手に掃除係が掃除するだろう」

「まあ、そうですけどね」

「目立った行動を取れば俺に報告が行くと踏んだに違いない。打算的な女だ。これだから女は好きになれないんだ」

フランシスはエメラルド色の瞳をすがめて立ち上がる。執務室の窓からは、裏手にある王宮の屋根が見える。セアラ・ケイフォードは王宮の一番左端の建物。ここから一番遠いところに見える、あの建物に住んでいるのは、どれだけ狡猾《こうかつ》な女なのだろう。

フランシスの女嫌いも、その理由も知っているアルヴィンは、やれやれと肩をすくめた。

「そんなことを言って、曲がりなりにも二週間後のお茶会のときに、お妃様の前でその不機嫌顔をさらすのはやめてくださいね」

するとフランシスは心底嫌そうに眉を寄せる。

「……茶会か」

二週間後。王太后――つまり、フランシスの母が主催する茶会が城の庭で開かれる。

フランシスにはまったくもって面白くないことだが、王太后の茶会は国王と妃候補たちの顔合わせ目的で開かれるので、どうやっても避けようがない。

王太后と宰相は二人そろってどうにかしてフランシスに妃を娶らせようと画策しているので、たとえ適当な理由をつけて茶会を欠席したとしても、次やその次を計画してくるのは目に見えている。

ならばさっさとその面倒な行事を終わらせて、あとは十三人の妃候補たちが全員音を上げて帰るのを今か今かと待ち続ければそれでいい。

(それにしても、どんな顔をして俺に妃などを娶らせようとするんだ、あの女は)

あの女――それは、フランシスの母である王太后にほかならない。

フランシスの女嫌い。その原因を作ったのは、何を隠そう王太后だ。それなのにどうしてフランシスに妃をあてがおうとするのだろう。

フランシスはシャッと窓のカーテンを引き、ぐしゃりと艶やかな黒髪をかき上げる。

(女なんて――信用できない)

◆

ルンルンとエルシーが鼻歌を歌いながら卵を焼いていると、慌てたように階段を駆け下りてくる足音が聞こえた。

「お妃様！　ですから、わたくしたちがしますと言っているじゃないですか！」

そんな声とともにキッチンに飛び込んできたのはダーナだった。

よほど慌てていたのか、ダーナのワンピースのボタンが二つほど留まっていない。髪がぴょこんと跳ねているから、身支度もほどほどに駆け下りてきたのだろう。いつもきっちりしているダーナだが、ここ数日はこういうちょっと隙のある姿を見せてくれるようになって、エルシーはそれが嬉しかったりする。

「おはよう、ダーナ」

「おはようございます――ではなくて！　どうして毎朝、そんなに早起きなんですか!?」

ダーナはしつこいぐらいに、家のことはダーナとドロレスでまかなうから、エルシーはおとなしくしておいてほしいと繰り返していた。けれども貴族令嬢であるダーナやドロレスよりも、修道院生活を送っていたエルシーの方が家事全般に慣れている。早起きも習慣なので勝手に目が覚めるし、目が覚めるから二人が起きてくる前に仕事をするだけだ。

「何度も気にしないでって言ったのに、ダーナって真面目なんだから」

「わたくしも何度も申し上げましたが、お妃様に使用人のようなことをさせるわけにはいきません！」

「でも……」

正直言って、ダーナもドロレスも料理には向いていない。肉は焦がすし、野菜は茹《ゆ》ですぎてくたくたにするし、フライパンで火傷《やけど》はするしで、見ていてハラハラするのだ。だからできれば、料理はエルシーに任せてほしい。

「スープはできているの。パンも温めたわ。卵を焼いたらそれで終わりよ。ドロレスは？」

「ドロレスはお妃様のベッドメイクをしていますが……たぶんすぐ下りてきます」

エルシーは毎朝、自分で自分のベッドを整えてしまうから、ダーナやドロレスがすることはほとんどない。ダーナの言った通り、ドロレスが頰に手を当てながらキッチンへ入ってきた。

「お妃様、わたくしたちの仕事を残しておいていただかないと困りますわ」

こちらはおっとりと苦情を言うが、スープの入った鍋を覗き込んで、すぐにぱあっと顔を輝かせる。

「まあ、今日も美味しそう」

「本当!?　食材がたくさんあるからつい張り切っちゃうの！　たくさん食べてね！」

「お妃様もドロレスも、そうじゃないでしょう！　ドロレス、本来、わたくしたちがしなければならないことなのよ！」

エルシーは焼けた卵を皿に盛りつけつつ、ダーナを振り返った。

「違うわダーナ。女官長――ジョハナ様は三人で生活なさるように言ったのよ。だから、家のことは三人でするの」

ドロレスはうんうんと頷いた。

「そうよ、ダーナ。だってよく考えてみて？　わたくしとダーナが料理をしたら、何を作っても炭になっちゃうもの。お妃様に炭を食べさせるわけにはいかないでしょう？」

「そういう問題じゃないでしょう!?」

「そういう問題だと思うのだけど。ほら、適材適所って言うじゃない？」

「お妃様までドロレスの肩を持たないでください！　第一、適材適所と言うのならば、わたくしやドロレスの出番は、それこそなくなってしまいます！」

「でも、ダーナもドロレスもお姫様だから、こういうのは苦手でしょ？」

「お姫様ってなんですか」

「だって二人とも貴族令嬢でしょ？」

「そういう意味でしたらお妃様こそでしょう!?」

（おっとそうだった！）

エルシーは内心で冷や汗をかいたが、だからといってこの主張をやめるつもりはない。

ダーナもドロレスも貴族令嬢なので、料理のみならず、掃除も洗濯も慣れていない。裁縫も、刺繍《ししゅう》はできるそうだが服を作るなんて到底不可能なのだ。だからこの一週間、家のことはほぼエルシーが行っていた。これからもそうさせてほしい。

「とにかく、わたくしたちの仕事を全部奪うのはやめてくださいませ」

「そうねー……じゃあ、掃除と洗濯物の取り込みをお願いしてもいいかしら？」

エルシー一人に家事をさせるわけにはいかないと、ダーナもドロレスも奮闘してくれている。そのおかげか、掃除や洗濯物の取り込みは、二人も問題なく行えるようになった。もちろんエルシーが一人でした方が断然早いのだが、仕事を独り占めするのは確かによくない。やりたいと言っているのなら手伝ってもらおう。

「ほかにも何かさせてくださいませ」

「それはおいおいの方がいいんじゃないかしら？　慣れてないから二人とも大変そうだし」

「でも、服まで作っていただいて……」

「簡単なワンピースだもの。気にしないで。それに、袖とか襟に可愛《かわい》い刺繍を入れてくれるじゃない」

そう、支給されている布から服を作ることも、基本的にエルシーが担っている。刺繍ができる二人は、出来上がったワンピースに刺繍を刺してくれていて、エルシーとしてはそれがとても嬉しいのだが、二人はそれだけでは不満な様子だった。

だからなのか、最近は朝食後に礼拝堂の掃除に出向く際、二人も一緒についてきて手伝ってくれている。掃除したあとでエルシーは祈りも捧《ささ》げるのだが、ダーナたちもエルシーの後ろで一緒にお祈りしてくれるから、エルシーはとても嬉しい。

出来上がった朝食をダイニングに運んで、神に感謝しながら食事をとる。せめて食器は洗うとダーナが言うので、エルシーは甘えることにして、その間に礼拝堂に持って行く掃除道具を用意した。ドロレスも手伝ってくれる。

準備が終わると、回廊でつながれた隣の礼拝堂へ向かった。

少しひんやりする礼拝堂の中へ入れば、祭壇の奥の窓のステンドグラスからカラフルな光が差し込んでいる。

礼拝堂の中はそれほど広くはなく、木製の長椅子が六つほど置かれていて、奥にはグランダシル神の像が立っていた。

面白いことに、このグランダシル神の像は、各地で顔立ちが異なっている。それは、グランダシル神はいろいろな姿に化けることができるとされていて、どれが本当の姿なのか誰にもわからないと言われているからだ。もちろん神様の本当の姿など誰も拝んだことがないのだけれど、そういう理由から、像を作った彫刻家によって顔立ちが異なる。ここの礼拝堂のグランダシル神の像は、三十歳前後の精悍《せいかん》な男性だった。

ダーナとドロレスが長椅子を拭いてくれるので、エルシーはグランダシル神の像を磨く。それが終わったら大理石の床をピカピカに磨き上げて、およそ一時間かけて礼拝堂を掃除すると、最後にグランダシル神の像の前に跪《ひざまず》いてお祈りだ。

ダーナとドロレスも、エルシーが毎朝掃除のあとにお祈りをするからすっかり覚えて、一緒に祈りを捧げてくれる。

この国は宗教国家ではないので、神への祈りはさほど根付いておらず、ダーナとドロレスも礼拝堂を訪れることはほとんどなかったらしい。エルシーは強引な布教活動をしたいわけではないのだが、やはりこうして一緒にお祈りしてくれると嬉しいものがある。

掃除と祈りを終えたエルシーたちが礼拝堂から出たその時、前方から金髪を高く結った、派手な令嬢が歩いてくるのが見えた。胸元が大きく露出しているローズピンクのドレスを着ている。

（まあ、なんて安産型な方かしら）

エルシーは派手な見た目よりもまず、彼女の大きな胸と尻に目が行った。

修道院で暮らすシスターは全員未婚の女性だが、院長のカリスタをはじめ数人は産婆の経験がある。昔から、近くの村や町の妊婦が出産する際に、シスターが手助けに行っていたからだ。そのため、妊婦が修道院に定期的にやってきて、カリスタやシスターに助言を求めることも多く、カリスタのそばでそれを見てきたエルシーは、彼女が「安産型」という言葉を使っていたことを覚えていた。エルシーはまだ実際には産婆の手伝いをさせてもらったことはないけれど、「安産型」とは胸とお尻が大きい女性のことを言うのだと解釈している。

エルシーが足を止めると、こちらへ歩いてきていた金髪の女性も足を止めた。彼女の後ろを

ついてきた二人の女性――おそらく侍女だろう――とは、ダーナもドロレスも面識があるようで互いに会釈をしている。

金髪の女性は、じろじろとエルシーを眺めて薄く笑った。

「まあ、みすぼらしい格好」

エルシーは思わず自分の着ていたものに視線を落とした。

今着ているのは、配給された布地で作ったシンプルなワンピースだった。光沢のある白地の生地だが、襟元とスカートの裾部分に、ドロレスが青い花の刺繍を刺してくれて、それがあまりに可愛かったから、エルシーはすごく気に入っている。だが、金髪の女性が着ている派手なドレスを前にすれば、やはり霞《かす》んでしまうのは確かだった。

(みすぼらしいとは思わないけど、まあ……、シンプルよね)

彼女の豪華なドレスと比べるとどうしても見劣りするのは否めない。

「ねえ、あの方どなた？」

エルシーが小声で訊ねると、ダーナが彼女の耳元に口を寄せた。

「クラリアーナ様です。クラリアーナ・ブリンクリー公爵令嬢でございます。陛下のはとこでもいらっしゃいます」

「お妃候補よね？」

「はい。一番右の建物にお住まいです」

「つまり……一番偉い人？」

「偉い……といいますか、まあ、ええっと、一番身分の高いかたですね」

身分が高いことと偉いことの違いがわからなかったが、クラリアーナ・ブリンクリー公爵令嬢が何かすごそうと言うのはわかった。

ふむふむとダーナの説明に頷いていると、クラリアーナがムッとしたように眉を寄せる。

「何をこそこそとしゃべっていますの!?」

さすが身分の高いお姫様。ぴしゃりとはねつけるような言い方に迫力がある。

(それにあのドレス、すごいのよねー)

エルシーはシンプルなワンピースしか作れないが、クラリアーナは相当な裁縫の腕前があるのだろう。彼女が着ているドレスはまるでプロが作ったように縫製が細かい。どうやって作るのだろうか。知りたい。訊いていいだろうか。うん、訊こう。

「あのぅ……」

「だからなんですの？」

「そのドレス、どうやって作るんですか？」

「……は？」

「「お妃様!?」」

突然ドレスについて質問をしたエルシーに、ダーナもドロレスもギョッとした。

クラリアーナもぽかんと目を丸くしている。

「もっと近くで見ていいですか？　失礼しますね」

「ちょ……！」

ふらふらと吸い寄せられるようにクラリアーナに近づいたエルシーは彼女の周りをぐるぐると回り、袖口にそーっと手を伸ばして、キラキラと瞳を輝かせた。

「すごい。ここどうやって縫ってるんですか？　布が三枚重なって……あれ？」

「ちょ、ちょっと！」

クラリアーナは狼狽《うろた》え、彼女のそばにいる侍女はぽかんとした顔をした。

「ちょ、お妃様！」

いち早く我に返ったダーナが止めに入るが、彼女に止められても、エルシーは止まらなかった。

尊敬のまなざしでクラリアーナを見つめて、祈るように両手を組む。

「本当にすごいです。どうやって作ったんですか？　教えてください。わたくしもダーナやドロレスに素敵なドレスを作りたいです」

クラリアーナは見る見るうちに顔を真っ赤に染めると、怒ったように声を荒らげた。

「いっ、嫌よ！　何をおっしゃっているの!?　信じられないわ！」

ふんっとそっぽを向かれて、エルシーはしょんぼりと肩を落とした。

「そうですよね。こういう技術ってきっと門外不出なんですよね。諦めます……残念ですけど」

「お妃様、諦められたのなら、クラリアーナ様の袖から手を離してください」

しっかりとクラリアーナのドレスの袖を握りしめていたエルシーは、ダーナに言われて渋々袖から手を離す。

クラリアーナが警戒するようにエルシーと距離を取って、じろりと睨んできた。だが、まだ顔が赤いからちっとも迫力がない。

「あなたでしょう？　毎朝礼拝堂を掃除しているというこざかしい妃候補は」

エルシーはきょとんとした。ここでは、礼拝堂を掃除することは「こざかしい」と言われる行為なのだろうか。

(だからみんな礼拝堂の掃除をしないのね)

ようやくほかの妃候補が誰一人として礼拝堂の掃除をしない理由がわかって、エルシーは「なるほど」と頷いた。けれど、こざかしいと言われても、こればかりはやめるつもりはない。なので、エルシーは素直に謝罪した。

「すみません。こざかしい行為だとは知らなくて。でも、礼拝堂の掃除をすることは日課ですし、女官長のジョハナ様も大丈夫だとおっしゃったので、お許しいただきたいのですけど」

エルシーがそう言い返すと、クラリアーナはひくっと頰を引きつらせる。

「まあ、さっきといい、今といい、なんて礼儀知らずな方かしら！」

（え？　今もさっきも、礼儀知らずだったの？）

どのポイントがダメだったのだろう。ケイフォード伯爵家で教わった淑女教育は付け焼刃で、本当に重要なことしか教わらなかったから、細かいことはよくわからない。

（どこがダメだったのか、あとでそれとなくダーナとドロレスに訊いてみよっと）

エルシーが間違った行動を取ると、あとあと入れ替わったときにセアラが苦労することになるし、それが知られるとケイフォード伯爵が修道院への寄付を取り下げてしまうかもしれない。

「それで、今日の掃除は終わったのかしら。終わったならさっさと立ち去っていただきたいのだけど。わたくし、これから礼拝堂に用があるの」

（礼拝堂に用があるってことはお祈りしてくださるのかしら。クラリアーナ様っていい方ね）

そういうことなら、邪魔にならないように退散すべきだろう。掃除もお祈りも終わったあとで、どのみち帰ろうとしていたのだから問題ない。

エルシーは頷いて、クラリアーナの脇を通り抜けようとした。

「お待ちなさい！」

しかし、立ち去ってほしいと言ったから去ろうとしたのに、クラリアーナに呼び止められる。

「わたくしを無視するとはどういうつもり⁉」

別に無視したつもりはなかったのだが、これもいけなかったのだろうか。エルシーは途方に暮れつつ、クラリアーナに向きなおって無言で頭を下げた。

そして再び歩き出そうとすると、またもやクラリアーナに呼び止められる。

何が正解かわからずダーナとドロレスを見たけれど、二人ともびっくりするくらいの無表情で、助言は得られそうもなかった。

「わたくしはブリンクリー公爵令嬢よ！」

彼女がブリンクリー公爵令嬢なのはさっきダーナに聞いたから知っている。

（ええっと、わたくしも名乗れってことなのかしら？　でもさっき失礼って言われちゃったし、不用意なことは言わない方がいいと思うのよね）

何が正解かわからない以上、黙っておくのが賢明だと思うのだ。

困った顔で無言を貫いていると、クラリアーナは眉を吊《つ》り上《あ》げて甲高い声で怒鳴った。

「なんとか言ったらどうなの!?　なんて失礼な女なのかしら！」

今度は何も言わなかったからいけなかったようだ。貴族社会の礼儀って難しい。

「……ええっと、話しかけてよろしかったんですか？」

「なんですって!?」

「先ほど、礼儀知らずと言われたので、話しかけちゃダメなのかなって……」

礼儀知らずと言われたくないから黙っていたと言えば、クラリアーナの顔に朱が差した。ふるふると肩が小刻みに震えている。

「なんて……なんて無礼な女なのかしら!!　もういいわ!!　行きましょう!!」

クラリアーナはヒステリーに叫んで、くるりと踵《きびす》を返した。侍女二人を連れて、すたすたと礼拝堂の中へ入っていく。

クラリアーナがどうして怒ったのかがわからずにエルシーは途方に暮れたが、ダーナとドロレスが「帰りましょう」と言ったので、住まいに帰ることにした。

エルシーが使っている建物の玄関に入ると、それまで黙っていたダーナが憤然と口を開いた。

「まったく、なんだったんでしょうか、あれは！」

エルシーはきょとんとした。

「どうかしたの？」

「どうかしたのじゃありませんよ！　クラリアーナ様のことです！」

腹が立たなかったのかと訊かれて、エルシーはさらにきょとんとした。クラリアーナを怒らせたのはエルシーの方だ。エルシーが怒るのは筋違いではないだろうか。そんなことを思っていると、ドロレスが嘆息しながら言った。

「あの方はお妃様候補筆頭ですけど……、少々性格に難があると言いますか。あの方につかされたリリナとサリカも苦労しますわね」

リリナとサリカは、先ほどクラリアーナのそばにいた侍女二人の名前らしい。侍女たちの誰がどの妃候補につかされるかは、最終的には公平にくじ引きで決められたのだそうだ。

「でも、わたくしが悪かったんでしょう？　礼儀知らずって言われたし」

掃除道具を片づけながら言えば、ダーナとドロレスがびっくりしたように目を丸くした。

「まあお妃様もいきなりドレスについてあれこれ質問なさいましたけど……だからってあれを許せるんですか？」

「お妃様に失礼と言う前に、あの方はご自身の無礼さを省みるべきですわ」

「でも、クラリアーナ様って一番偉いお妃様候補なんでしょ？」

偉いんだからしょうがないと言えば、ダーナとドロレスがそろって嘆息した。

「さっきは説明している暇がございませんでしたが、厳密に言えば、クラリアーナ様が一番偉いわけではありません。確かに身分は一番高いご令嬢ですが、お妃様候補たちはここにいる間は全員が平等に扱われるルールなんです。身分の上下で蔑まれることはありませんし、それをしてはいけないことになっています。ですのでお妃様はクラリアーナ様と同等の立場でいらっしゃるんです」

「ふぅん？」

「その顔、わかっていらっしゃらないですよね？」

「ええっと……半分くらいはわかったわ。クラリアーナ様はわたくしよりも身分は高いけどここでは平等だから、ここでならドレスの製法を訊いても失礼にならないってことよね？」

「どこからドレスが出てきたんですか！」

はあ、とダーナが額を押さえた。

ドロレスがくすくすと笑い出す。

「なるほど、お妃様のさっきのあれは、本心から礼儀を気にしての発言だったんですのね。ふふ、わたくし、お妃様が痛烈な厭味《いやみ》を言ったのかと思って、少しハラハラしてしまいましたわ」

「そうね。……でも、あれはちょっと、すっきりしたわね」

ドロレスが小さく笑うと、ダーナも頷いて口角を上げる。

そのままドロレスとダーナがくすくすと笑いだしたけれど、エルシーはなんのことかさっぱりわからず、首を傾げた。

「よくわからないけど、わたしは間違いは犯さなかったのね？」

「いきなりドレスの製法を訊ねるのは問題ですが、ほかは問題ありませんでしたよ」

なるほど、ドレスの製法をいきなり訊ねたらダメなのか。

（でもあとは問題なし、と）

ひとまず、それだけわかれば充分だろう。

エルシーは掃除道具を片付け終わると、洗濯に取りかかろうと裏庭へ向かった。

ダーナとドロレスも手伝おうとしてくれたけれど、これはエルシーの趣味のようなものなので丁重に断って、代わりに、昨晩仕上がったばかりの紺地のワンピースの刺繍をお願いする。

ダーナとドロレスは、生地だけよこして自分で服を作れと言われることが不満で仕方がないようだが、びっくりするほど上等な生地がたくさん用意されているのだ。楽しくなったエルシーは、あいている時間のすべてを裁縫に充てている。

クラリアーナが着ていたような豪華なドレスは作れないけれど、いくつかの着替えができたら、少し凝ったデザインにもチャレンジしてみたい。

井戸から水を汲んでたらいに移しながら、エルシーは身代わりになれと言われたときはどうしようかと思ったけれど、この調子なら残り二か月も平穏にすごせるかもしれないと思った。

そう、思ったのだが。

——エルシーに衝撃が走るのは、翌朝のことだった。

◆

（なに……これ……）

エルシーは茫然としていた。

朝の日課の礼拝堂の掃除。

今日も今日とてピカピカに磨き上げようと気合を入れて向かった礼拝堂で、エルシーは大きく目を見開いた。

エルシーの後ろで、ダーナとドロレスも息を呑《の》んでいる。

「なんでこんなことに……」

昨日丁寧に掃除をした礼拝堂の中は、まるでここだけ嵐でも来たのかと思うほどの大惨事だった。

大理石の床は泥で汚され、長椅子の上にはゴミが散乱している。

グランダシル神の像には赤い絵の具で落書きがされていて、見るも無残な状態だ。

壁も同じように赤い絵の具がべったりと付着している。

「わ、わたくし、ジョハナ様にご報告して参ります！」

ダーナが弾《はじ》かれたように踵を返して駆けだした。

ドロレスが茫然としているエルシーの肩にそっと手を置き、「一度戻りましょう」と言ったけれど、その言葉はエルシーの耳には入らなかった。

「誰が……こんなことをしたの……」

その、地を這《は》うような低い声に、ドロレスがびくりと肩を揺らした。

「お、お妃様……？」

「誰が、こんな罰当たりなことを……こんなひどいことを、したの？」

エルシーの肩がぷるぷると震える。

ふつふつと腹の底から湧いてくるのは怒りだった。

礼拝堂は、幼いころに修道院に捨てられたエルシーにとって心のよりどころだった。いつも神様が見守ってくださっていますよというカリスタの言葉を支えに、神グランダシルに祈ることで淋しさや悲しみをやりすごした。その、大切な神様の家に、像に、なんて仕打ちをするのだろう。

(許せない……)

基本的に温厚な性格をしているエルシーだが、礼拝堂を汚されることだけは断じて許すことができなかった。

(犯人は誰？　誰がこんなことをしたの？)

捕まえて、自分が犯したことを悔い改めさせなければ。

目には目を歯には歯をという報復的な考え方は、シスターにはご法度だ。エルシーもシスターになると決めたときから、カリスタにそう教わってきたけれども——これぱっかりは、どうしても許せなかった。捕まえて反省させなければ気がすまない。

(落ち着いて……犯人を捕まえるにしても、礼拝堂をこのままにはしておけないわ。まずは掃除しないと。ああ、掃除道具がこれだけでは足りないわね。あの絵の具を落とすには石鹸《せっけん》が必要だわ。ジョハナ様に頼んだら用意してくれるかしら？)

一度冷静になろうと、エルシーは深呼吸をくり返す。

ここで怒っていても、礼拝堂は綺麗《きれい》にならない。掃除が先だ。早く、神様の家を綺麗にしなくては。

八回ほど深呼吸をくり返して、どうにか怒りを押し殺したエルシーは、バケツの中に入れていた雑巾をぎゅっと絞った。

「お妃様？」

「掃除……掃除しましょう」

「え!? でも、この状況ですよ!?」

泥を掃きだすだけでも一苦労だとドロレスは言うけれど、たとえそうだとしても、このまま立ち去ることはエルシーにはできなかった。

「服が汚れてしまいます！」

「汚れたらあとで洗えばいいわ。礼拝堂をこのままにしておく方が問題よ」

「でも！」

ドロレスが止めようとするけれど、こればかりは従うわけにはいかなかった。

絞った雑巾で、礼拝堂の扉につけられた赤い絵の具を拭きとろうとするが、やはりべったりとつけられた乾いた絵の具はそう簡単に落ちそうもない。

それでも必死に磨いていると、ジョハナと、それから数人の男たちを連れたダーナが戻ってきた。その男たちの中には見知った人もいて、エルシーは目を丸くする。

「まあ、トサカ団長」

うっかり、こっそり呼んでいた渾名《あだな》を口から滑らせてしまって、エルシーはハッとしたけれどもう遅かった。

やってきたトサカ団長――もとい、第四騎士団の副団長クライドは、あきらかにそれが自分に向けられての言葉だと気が付いたようで、ひくりと頰を引きつらせた。

「トサカ……団長？」

エルシーはつぃと視線を逸《そ》らしたが、クライドの突き刺さるような視線が痛い。

内心冷や汗をかきながらどう誤魔化したものかとエルシーは悩んだけれど、その答えが出る前に、礼拝堂の中を覗き込んだジョハナが悲鳴を上げた。

「まあ！　なんですかこれは!?　誰がこのようなことを！」

ジョハナも犯人に心あたりがないらしい。

クライドをはじめとする騎士団の面々も啞然として礼拝堂の中を見渡している。

ジョハナはこめかみを押さえて、扉を拭いていたエルシーに視線を止めた。

「お妃様、ここのあと始末は陛下にお願いして手配していただきますので、お掃除は結構です。これは一度礼拝堂の中のものを出さなくてはどうしようもないでしょうからね」

「でも……」

「お妃様、そもそも礼拝堂のお掃除はお妃様のお仕事ではありません。どうかここはお引き取りください。お妃様がいては、ほかのものも仕事がやりにくいでしょう」

幼少期に捨てられたエルシーは「お貴族様」ではないのだが、ここでは伯爵令嬢セアラの身代わりだ。確かに妃候補の伯爵令嬢がいつまでも居座っていては、ほかの人がやりにくいかもしれない。

礼拝堂の中のものを一度出すというのには賛成だが、エルシーの腕には重すぎて一人では運び出すこともできないだろう。

ここはジョハナの言う通り、お任せした方がいいのかもしれないけれど、どうしても納得できなかった。神様のために、せめて何かがしたい。

「それでしたら……グランダシル様の像をわたくしの部屋の庭まで運んでいただけないでしょうか？　綺麗にお掃除したいんです」

ジョハナは少し悩んだようだったが、まあそのくらいならば邪魔にならないし構わないだろうと許可をくれた。

クライドたち騎士団がグランダシル神の像をエルシーの住居の庭まで運んでくれる。ジョハナに掃除用の石鹸をもらい、エルシーはワンピースの裾をぎゅっと縛ると、像にこびりついている赤い絵の具をせっせと落としはじめる。

ダーナとドロレスがおろおろしつつも手伝ってくれた。

そうして二時間かけてグランダシル神の像を磨き終えたエルシーは、乾いたタオルで像の表面の水分を拭きとったあとで両手を組んでお祈りを捧げる。

（グランダシル様、申し訳ございません。礼拝堂が綺麗になるまで、すごしにくいでしょうが、

ここで我慢してください）

ジョハナによると、礼拝堂の掃除は一日では終わらないらしい。泥を掃きだし、壁を拭き、そして乾かさなくてはならないから、二、三日はかかる想定だという。

グランダシル神の像に祈ったあとで、エルシーはせっせと運び出した長椅子を掃除してくれている騎士団の面々の姿を見て、ほかに何か自分にできることはないだろうかと考えた。

ジョハナが許してくれたのはグランダシル像の掃除までで、それ以外は手出し無用と言われている。

エルシーは空を見上げて、そろそろ昼になるなと思った。騎士団の面々は日が暮れるまで掃除をしてくれるのだろうが、食事はどうするのだろう。

「ねえ、ダーナ、食材はまだたくさんあったわよね？」

「ええ。今朝追加で届いたものもありますし……お妃様は無駄遣いなさいませんから、たくさん余っておりますよ」

自分では豪快に食材を使いこんでいるつもりだったが、ダーナに言わせると全然らしい。

（それなら、たくさん使っても大丈夫よね？）

掃除の手伝いが無理でも、差し入れならいいのではないか。

そう考えたエルシーは、さっそくキッチンへ向かった。エルシーたちの昼食を作るついでに、多めに作って騎士団の方々に差し入れしよう。

ダーナとドロレスは、エルシーがキッチンへ行くのを確認すると二階へ上がっていく。料理では役に立たないと自覚している二人は、エルシーの料理中には刺繍をしていることが多いのだ。

キッチンを確認したエルシーは、ジャガイモが多く残っていることに気が付くと、それを一口大に切って油で揚げて「揚げジャガ」を作ることにした。これは修道院の子供のおやつにも出していたもので、簡単でとても美味しい。パンの数があまりないから、その分ジャガイモで我慢してもらおう。

（それからトマトのスープと、リンゴが五つあるから……アップルケーキはどうかしら？）

メニューが決まると、エルシーはさっそく調理に取りかかる。

せっせとジャガイモを揚げていると、いつもより料理に時間がかかっていることに気が付いたのか、ワンピースに刺繍をしてくれていたダーナとドロレスが下りてきた。そして、エルシーが揚げているジャガイモの量にギョッとする。

「お妃様、どうしてこんなにたくさん作っているんですか？」

「礼拝堂を掃除してくださっている騎士団の方に差し入れをしようと思って。ちょうどよかったわ。揚げたジャガイモに塩を振って、そこに置いてある、底に紙を敷いた籠の中に入れてくれるかしら？」

「わかりました……ってお妃様、この紙、手紙用の紙ですよ」

「ええ。ちょうどいい厚みと大きさでしょ？」

「そうかもしれませんが……こちらは陛下にお手紙を書くためのものですが、よろしいんですか？」

「いいのよ、使っていないもの」

「……………そう言えば、お妃様は陛下にお手紙を一度も出されていませんでしたね」

今ごろ気が付いたダーナが愕然《がくぜん》とした。

ドロレスも「お妃様がお手紙を書くところを見たことがありませんわ」と隣で頷いている。

「皆さま、こぞって陛下にお手紙を書きたがるものですが……お妃様は陛下にお手紙は書かれませんの？」

「お手紙？　お手紙ねえ……」

そうは言われても、国王陛下への手紙なんて何を書けばいいのかわからない。悩んでいると、ダーナがこめかみを押さえながら言った。

「せめて一通だけでもお出しくださいませ。このままですと、早々に陛下のお心が離れてしまいます」

そういうものなのだろうか。エルシーとしては国王陛下の心が離れようとどうしようとまったく構わないが、エルシーはセアラの痣が治るまでの身代わりだ。セアラと入れ替わったときに国王陛下の心が離れてしまっていたら、のちのちセアラが困るだろう。

（なんだかとても煩わしいけど、わたしは身代わりなんだから、役目はきちんと果たさないといけないわよね？）

すべては修道院への寄付のためだ。

顔も知らない人にどんな手紙を書けばいいのかはわからないが、あとで考えてみよう。

わかったわと頷くと、ダーナとドロレスがホッとしたように胸を撫《な》でおろした。

エルシーは残りのジャガイモを揚げて、並行して作っていたスープの味を見ると、自分とダーナとドロレスの三人分だけ小鍋に取り分けて、大きなスープ鍋をよいしょと抱える。

「お妃様!?」

「何をしていらっしゃるんですか!?」

「なにって、差し入れを持って行くって言ったでしょ？　あ、ダーナはそこのジャガイモの籠を持って。ドロレスは食器を入れたそっちの籠ね！」

「ちょっ、お、お待ちください！」

さくさくと鍋を持って歩き出すと、揚げジャガの籠と食器の籠をそれぞれ手に持ったダーナとドロレスが慌てて追いかけてきた。

「そんな重たいもの、危ないです！」

二人は心配そうだが、修道院ではもっと重たいものを抱えていたから、これくらいの鍋はどうってことはない。

大丈夫大丈夫と言いながら礼拝堂まで歩いて行くと、作業をしていた騎士たちがギョッとした。

「お妃様!?　どうされたんですか!?」

「差し入れを持ってきました」

慌てたように駆け寄ってきたのはトサカ団長こと、クライド副団長である。

エルシーの手から鍋を奪おうとしたので、エルシーはさっとその手をよけつつ、ぴしゃりと言った。

「汚れた手で食べ物に触ってはいけません！」

つい修道院の子供たちに言うような口調になってしまった。

クライドはハッと自分の手のひらを見つめて、それから急いで手を洗って戻ってくる。

「そんな細い腕でそのような重たいものを持ったら腕が折れてしまいます！」

大げさな、と思ったけれど、重たいのは間違いなかったので、素直にクライドに鍋を預ける。

「皆さん、礼拝堂をお掃除していただきありがとうございます。簡単なものですけど食事を持ってきましたので、よろしかったらどうぞ」

ダーナとドロレスも持ってきた籠を、手を洗ってきた騎士たちに渡すと、やはり朝からずっと作業をしていてお腹が空いていたらしく、みんな作業を中断して嬉しそうに食べはじめた。

「クライド副団長も鍋を置いて、よかったらお食べください」

「今度はトサカ団長って呼ばないんですね」

揶揄《からか》い口調で言われたので、エルシーは明後日《あさって》の方向に視線を向けつつ「なんのことでしょうか」ととぼけることにした。ああ、失敗した。さすがに本人を目の前に「トサカ団長」はなかった。

クライドはプッと吹き出して「それでは俺もいただきます」と言うと、鍋を礼拝堂から外に出した長椅子の上に置いて、食器の入った籠から深皿を取ってスープをよそう。一口飲んで、「美味《うま》い」と破顔した。

「これはどなたが？　すごくうまいですよ」

貴族たちの肥えた舌にはエルシーの作る食事は質素すぎるかと思ったが、ちゃんと美味しいらしいのでホッとする。

ドロレスがにこりと微笑んで「すべてお妃様がお作りになったものですよ」と告げると、クライドをはじめ、食事をとっていた騎士たちが驚いたように顔を上げた。

「お妃様が!?」

「本当ですか!?」

どうしてそんなに驚くのだろう。じろじろ見られて、まるで珍獣にでもなった気分だ。

「か……簡単なものしか、作れませんが……」

「いえ、めちゃくちゃ美味いです！」

「スープもジャガイモも最高です！」

「そ、そうですか。よかったです。……あ、まだ作り途中のものがあるので、取りに帰りますね」

わらわらとごつい騎士たちに取り囲まれてひるんだエルシーが逃げ腰になれば、スープを飲み干し、揚げジャガを三つほど口の中に入れたクライドが皿を置いた。

「では俺も手伝いましょう。何を運べばよろしいですか？」

「ええっと……もうすぐアップルケーキが焼き上がるので、それを……」

「アップルケーキ！」

クライドがぱあっと顔を輝かせた。十六歳のエルシーよりも十歳も年上のはずのクライドなのに、まるで少年のようにキラキラした笑顔だった。

「俺、好物なんです！」

「そうなんですか？　それはよかったです！」

トサカ団長はアップルケーキが好き、と心のメモに書き記しておく。そのメモを使う日が来るかどうかはわからなかったが、一応、覚えておこう。

クライドとともにキッチンに戻り、オーブンを覗き込めば、アップルケーキはちょうどいい焼き加減だった。粗熱を取るためにオーブンから出し、上に軽くシナモンをかける。

あとは人数分に切り分けるだけだが、クライドがすごく食べたそうな顔でアップルケーキを見つめていたので、先に味見程度に分けてあげることにした。

「どうぞ。まだ熱いですけど」

「いいんですか⁉」

トサカ団長はどうやら鶏ではなく犬属性だったらしい。満面の笑みの向こうに、しっぽをブンブンと振っている大型犬の幻覚が見える。

「美味い美味い」ともぐもぐとアップルケーキを食べながら、クライドはふと思い出したように言った。

「そう言えば、陛下もお好きですよ。アップルケーキ」

いいものをたくさん食べていそうな国王陛下は、意外や意外、素朴なアップルケーキがお好きらしい。しかしこの情報が必要になる日は絶対に来ないだろうと、エルシーはそちらの情報は心のメモに書き留めなかった。

(陛下に会うことなんて一生ないでしょうからねー)

身代わりエルシーは里帰りのときまでしかここにいない予定だ。国王陛下に会う機会はないだろうから、彼の好物を覚えておいてもなんの役にも立たない。

――そう判断したエルシーだったけれど、その日の夜、国王陛下も出席するという王太后のお茶会の招待状が届いて目を丸くすることになったのだった。

◆

王太后フィオラナ。

言わずもがな、国王陛下の生みの母である。御年四十一歳になるそうだ。

届いたお茶会の招待状を前に、エルシーは茫然としていた。

（お茶会？　え？　ケイフォード伯爵は王宮でおとなしくしていればいいって言わなかった？　お茶会なんて聞いてない！）

招待状を読む限り、妃候補は全員出席が義務付けられているようだ。

幸いにしてドレスは最初に支給されたものがあるけれど、着るものがあるからいいという問題でもなかった。

（お茶会の作法なんて知らないわよ？）

エルシーは困惑したが、招待状に目を通したダーナとドロレスはエルシーとは逆に嬉しそうだった。

「よかったです。陛下はちっとも王宮側に来られませんし、来られてもお妃様は一番左のお部屋を使われていますから、なかなかこちらまでお渡りにはならないでしょうから……。陛下に印象付ける絶好の機会ですわね」

陛下？　と首を傾げて招待状を読み返したエルシーは、そこに国王陛下も出席すると書かれていたことに気が付いてさらに茫然とした。これはまずい。とにかく無難にお茶会を乗り切らなくては、失敗したら国王陛下に悪印象を植え付けてしまうことになる。そうなればきっとケイフォード伯爵は激怒するだろう。

（セアラと交代するまでの間、のんびりやり過ごすつもりが、なんて厄介な……）

招待状によると、お茶会は十日後の午後。場所は城の庭だそうだ。侍女は一人まで連れていくことができるようだが、お茶会の席では侍女は離れたところで待機しているという。……つまり、何か粗相をしてもフォローしてくれる人はいない。

エルシーは頭を抱えたけれど、ダーナとドロレスは鼻歌でも歌いそうなほどに上機嫌。妃候補は全員出席とあるので逃げることも叶《かな》わない。

（……腹をくくるしかないのかしら？）

とにかく、お茶会では目立たず無難にやり過ごす。気が重いけれど仕方ない。お茶会当日の支度はダーナとドロレスがきっと整えてくれるだろうから任せておいていい気がした。というか、貴族令嬢のおしゃれについてはエルシーはさっぱりわからないので、任せるしかないのだ。

「お妃様、陛下にお手紙を書かれるんですよね？　お茶会の席でお逢《あ》いできるのを楽しみにしていますとお書きになればいかがですか？」

なるほど、お茶会はちょうどいい話題かもしれない。しかし、余計なことを書いてお茶会の日に話しかけられたりしたら大変だ。目立たずおとなしくしてやり過ごすことを目標にしているのだから、失敗のもとになりそうな国王陛下との接触は極力避けるべきである。

エルシーは期待のまなざしを向けるドロレスに「そうね」とニコリと笑みを返して、ライティングデスクに向かうと、彼女にチェックを入れられる前に手早く手紙を書き上げることにした。

余計なことは一切書かない。

（礼拝堂のお掃除の手配をしていただきありがとうございました。これでいいでしょ）

礼拝堂の掃除は騎士たちがやってくれたけれど、指示をしたのはジョハナから詳細を聞かされた国王陛下だという。だったら国王陛下にお礼を言っても間違いではない。

本日、泥と絵の具を落とし終えた礼拝堂は、明日、床や壁が乾くのを待って長椅子とグランダシル神の像を運び込めば掃除は終了だ。犯人が誰なのかはまだ目星もついていないけれど、必ず見つけ出して反省させる。

さらさらさらっと便箋一枚に六行ほどの短い手紙を書いて、エルシーは封筒に入れた。

ずいぶん早い仕上がりにドロレスが「もうおしまいですか？」と訊ねてきたが、エルシーは笑顔で頷いて、さっさと封蠟《ふうろう》で封印してしまう。チェックされたら書き直しになる危険性があるからである。

「できたわ。時間があるときにでも陛下に届けてくれる？」

ドロレスはエルシーが何を書いたのか、内容を確かめたいようだったけれど、封をされては仕方がないと、諦めたように受け取った。

そして、一言釘を刺す。

「時間があるときではなく、こういうものは大至急と言わなくてはいけませんわ、お妃様」

たかが手紙なのに、そういうものらしい。

貴族令嬢の常識はやはりよくわからない。が、ここは郷に入っては郷に従え。素直に言うことを聞いておくべきだ。

「ええっと、訂正するわ。至急届けてくれる？」

ドロレスは満足そうに頷いて、手紙を持って部屋を出て行った。

エルシーは大きく伸びをして椅子から立ち上がると、作りかけだったワンピースに取りかかる。

（この生地とこの生地を重ねて……うん、ちょっとお姫様っぽいワンピースになりそうね。ドロレスに似合いそう！）

淡いピンクと白の可愛らしいデザインのワンピースに仕上がりそうだ。自画自賛かもしれないけれど、ここに来てずっとワンピースを作っているからか、裁縫の腕が上達した気がする。今ならば修道院の子供たちにももっと可愛らしい服を作ってあげられそうだ。

院長のカリスタは口癖のように「何事も経験ですよ」と言うけれど、まさしくその通りだなと思う。最初は乗り気でなかった身代わり妃候補も、貴重な経験だと思えば楽しめる。

（お茶会は嫌だけど、せっかくだから、お妃様候補が着ているドレスでも観察して、ワンピースのデザインの参考にしようっと）

せっかくいい布がたくさん届けられているのだから、この機会にたくさん服を作って、もっと裁縫の腕を上げるのだ。

エルシーはワンピースの袖にフリルを作りながら、ルンルンと鼻歌を歌いはじめた。

◆

国王フランシスは、唖然としていた。

今まで一度も手紙をよこさなかった十三番目の妃候補セアラ・ケイフォードから手紙が届いたのだ。

いつも決して妃候補の手紙には目を通さないフランシスだったが、ずっと手紙をよこさなかった妃候補の手紙に興味を覚えて、珍しく読んでみようという気になった。

さて、いったい何が書かれているのか。待遇に対する不満だろうか。それとも媚や甘えだろうか。どちらにせよ、ろくなことは書かれていないだろう。

そう思って手紙を開けたフランシスは、まずその短さに驚いた。一枚の便箋に、大きい文字で、六行しか書かれていない。

どういうことだとひっくり返して裏を確かめても、封筒の中にもう一枚別の便箋が残っていないかと確かめても、どちらにも何もない。正真正銘一枚。六行。たったそれだけの手紙だ。セアラ・ケイフォードという妃候補は、よほど文才がないと見える。手紙を書くのが苦手なのだ。そう決めつけたフランシスは、たった六行の手紙に視線を落として、ぱちぱちと目を瞬いた。

はじめましての挨拶から始まり、礼拝堂が何者かに荒らされたこと、そしてその掃除に騎士団を貸し出してくれたことへの礼が述べられて、それで終わっている。

簡潔に六行。ほぼ箇条書き。……信じられない。

フランシスはないとわかっていつつも、もう一度手紙を裏返してみた。そしてまさかと思って蠟燭《ろうそく》の炎にあてて手紙をあぶってみる。しかし紙が焦げただけで、隠された文字は浮かび上がってはこない。

「…………」

しばし、フランシスは沈黙した。

フランシスは女性が嫌いだが、未《いま》だかつて女性からこんなにどうでもいい扱いを受けたことがない。

手紙にはフランシスへの媚やへつらいはこれっぽっちも書かれておらず、むしろフランシスへの愛ではなく、礼拝堂への愛が詰まっている。

片手にちょっと焦げた手紙を持ち、もう片方の手で額を押さえたままフランシスが固まっていると、執務室の扉を叩く音がした。

投げやりに「入れ」と言えば、入ってきたのは第四騎士団の副団長クライドだった。手紙で感謝されている「礼拝堂の掃除」の責任者だ。

「陛下、どうなさいました。頭でも痛いんですか」

「……ああ。ものすっごく痛いな。割れそうだ。これのせいでな！」

物理的な痛みではなく気分的なものだが、頭が痛い。

「はい？」

クライドはフランシスが一枚の焦げた紙を握りしめていることに気が付いて、ひょいとその中身を覗き込んだ。

そして暫時沈黙し、プッと吹き出す。

クライドはフランシスが即位するまで専属護衛官を務めていた。だからだろうか、ほかの人間よりも距離が近い。というか——たまに無礼。

「くっ、くくくっ！　これはまた、盛大にフラれましたね」

「誰がフラれたんだ。フラれてなどいないし、そもそもこの女にそんな気を起こすか！」

「でも……陛下相手に『礼拝堂が綺麗になりました。どうもありがとうございました！』なんていう手紙を書く女性ははじめてでしょう」

「だからと言って何故フラれたことになる！」

「いやだって、お妃様からのラブレターなのに、どう考えても礼拝堂への愛しか詰まっていないでしょうこれは」

まるでフランシスが礼拝堂に負けたかのように言わないでほしい。そもそも礼拝堂と争ってなどいないし。

「それで、礼拝堂を荒らした犯人はわかったのか？」

「まだですねえ。候補は何人か上がっているんですが。『あの方』は何かおっしゃっていましたか？」

「まだ何も。放っておけばそのうち調べてくるだろうが……今は礼拝堂よりもほかの調査で忙しいらしい」

「ああー、もう一つの苦情の方ですね」

クライドが苦笑する。

フランシスの机に山積みになっている手紙の大半が待遇の改善要求と彼へのラブレターだが、ここ数日、妙な内容のものが混ざるようになった。

女官長のジョハナからも報告が上がっており、フランシスも無視できない問題であるが、あまり気乗りはしない。

「王宮内のことは、基本的に妃候補たちだけで解決すべきだ。そう思わないか？」

「陛下、それは管理放棄ってやつですよ」

「はあ……。だから妃候補を王宮に入れるのは嫌なんだ」

フランシスの父の代も、その前も、妃候補が入れられた王宮では必ず何かが起こる。問題の大小はその時々によって異なるが、総じて言えることは、その問題を起こしているのはほかでもない妃候補たち自身ということだった。

「だから女は嫌いなんだ」

「その十把一絡《じっぱひとから》げ、女が悪いみたいな考え方には賛同できませんが、まあ、古今東西、女性たちによる権力者の寵《ちょう》の取り合いは似たり寄ったりなのは確かですねえ」

「俺にはいい迷惑だ。勝手にやればいい」

「そうは言っても、本気で無視できないから『あの方』に頼んだんでしょう？」

フランシスはそれには答えず、手紙の山の中から、「苦情」と張り紙が貼られているものを手に取った。この張り紙は、側近のアルヴィンが内容を分類する際に貼り付けたものである。

「今回、同一犯という線はないのか？」

「どうでしょうね。礼拝堂を汚して、犯人にメリットがあるのかどうかわかりませんから、なんとも」

「……あいつに怪しい人物に揺さぶりをかけろと言っておくか」

「いいんですか？『あの方』は優秀でしょうけど、本気になったら大騒動を起こしそうだからって止めてたじゃないですか」

「すでにあちこちで騒動を起こしているから今更だ」

フランシスは「苦情」と書かれた手紙を取り出してクライドに渡した。この手紙は妃候補の一人であるアイネ・クラージ伯爵令嬢からのものだ。

クライドは中を確かめて「ぷっ」と吹き出す。

「うわ、さすがですね。なんですかこれ。『あの方』はアイネ・クラージ令嬢に何したんですか」

「知らん。はあ……あいつとは今度『控えめ』という言葉の意味のすり合わせが必要のようだな」

「控えめ……あー、まあ、なんというか、その単語の真逆にいるような方ですからね」

クライドはフランシスに手紙を返して、彼の机の上に置かれている焦げた手紙に視線を落とした。

「セアラ様の方はどうします？　これは俺の勘ですけど、あの方はシロだと思いますよ」

「何故《なぜ》そう思う」

「何故って言われても……いい子だから？」

「は？」

「素朴というか……裏表のない感じって言うんですか？　腹芸ができなさそうな感じなんですよね。優しいし。お妃様の作るアップルケーキも優しい味でとても美味しかったんですよね」

「は？」

「あんな優しい味の手料理を作る人に悪い人はいないと思うわけですよ」

「何を言っているんだ？」

「陛下も好きじゃないですか、アップルケーキ。一度会ってみたらどうですか？　ご馳走《ちそう》してくれるかもしれませんよ。ではほかに仕事があるので、俺はこれで」

「お、おい！」

フランシスは呼び止めたが、クライドはそそくさと部屋を出て行ってしまう。

（料理がうまいやつに悪人がいないとか、あいつは馬鹿なのか？）

フランシスはあきれたが、アップルケーキという単語はちょっと気になる。

フランシスは机の上の手紙を一瞥して、ぽつりとつぶやいた。

「……アップルケーキか。そう言えば、昔食べたあれが、一番美味かったな」

フランシスはふと、十年前の秋のことを思い出した。

◆

十年前。

フランシスはある理由で、一か月ほど、少し離れたところにある修道院に預けられたことがある。

その修道院が選ばれた理由は、そこの院長を務める人間と、フランシスの乳母が親戚だったからだ。

そのころのフランシスは一週間ほど前に起きた「事件」のトラウマで他人にひどく怯《おび》えていて、精神が落ち着くまで人の多い城から離した方がいいだろうと父王に判断されたのだ。

しかし修道院に来ても、誰ともなじむことができず、フランシスは日がな一日、部屋の隅で膝を抱えて過ごしていた。

そんなある日のことだ。

おやつにアップルケーキを焼いたから食べないかと、院長であるシスターが話しかけてきた。精神的な理由から食も細くなっていたフランシスは、日に日にやせ細っていって、シスターたちをずいぶん心配させていたようで、なんとかして食事を取らせることはできないかと、彼女たちは一生懸命だった。

しかしフランシスにはシスターたちの気持ちを慮《おもんぱか》るような余裕はなく、その日も「ほしくない」の一言で片づけようと、そう思っていたのだ。——が。

「院長先生の作るアップルケーキはとても美味しいのよ！」

院長の修道服の袖をぎゅっと握りしめて、五歳か六歳ほどの女の子がひょっこりと顔を出した。さっきまで院長の背後に隠れていたようだ。

これまでここで暮らす子供たちは誰一人としてフランシスに近づこうとしなかったから、突然現れた女の子にフランシスはひどく驚いたことを覚えている。

女の子はまるでリンゴのように頬を紅潮させて、怒っているようだった。

「せっかく作ってくれたんだから、食べなきゃダメ！　院長先生は、あなたのために作ったのよ！」

「エルシー、いいのですよ」

そう、その女の子の名前はエルシーと言った。エルシーはフランシスが頷くまでしつこいくらいに騒ぎ立てた。とうとう根負けしたフランシスは、食堂ではなく部屋でなら食べることを了承した。

アップルケーキが運ばれてくると、何故かエルシーまでフランシスの部屋にやってきて、隣に座って自分の分のアップルケーキを食べはじめる。

「まあまあエルシー、あまりフランを困らせてはいけませんよ」

身分を隠して修道院に来たから、フランシスは「フラン」と呼ばれていた。もちろん院長だけは事情を知っていたけれど、ほかのシスターや子供たちは、フランシスのことを、療養に来たどこかのお金持ちのお坊ちゃんくらいにしか思っていなかったはずだ。

「でもひとりぼっちは淋しいでしょ？」

院長がフランシスから引き離そうとしてもエルシーは頑として居座り、リスのように頬を膨らませながらアップルケーキに夢中になっていた。

そのぷくぷくした頬《ほ》っぺたや、熟れたリンゴのように赤い頬を見ていると、なんだかちょっと和んでしまって、フランシスはエルシーだけはそばにいることを許してしまった。

その日からエルシーは当たり前のようにフランシスのそばにやってきて、果ては寝るときまで張り付いて離れないほどに懐いてしまった。

無愛想なフランシスの何がそんなに気に入ったのかは知らないが、エルシーはフランシスに臆面なく笑いかけて、一緒におやつを食べて、一緒に眠る。変な子供だなと思いながらも、フランシスは凍り付いていたような自分の心がエルシーによって溶かされていくことに気が付いていた。

フランシスは予定通り一か月で城に帰ることになったけれど、そのときもエルシーはフランシスに張り付いて大泣きをして、なだめるのに大変だったことを覚えている。

思えば、素朴な味のアップルケーキは、あのころからフランシスの好物だったが、いまだに、あの修道院で食べたアップルケーキの味に匹敵するものと出会えていない。

（懐かしいな……）

エルシーは今、どうしているだろう。

元気でやっているのだろうか。

女嫌いのフランシスだが、エルシーを思うときだけは、心の中がほっこりすることを自覚していた。

王となったフランシスは、エルシーとはもう二度と会うことはないだろうが、彼女がこの国のどこかで幸せな日々を送ってくれることを祈っている。

フランシスはセアラ・ケイフォードからの手紙を、ほかの妃候補たちからの手紙が入った箱の一番上に載せると、ペンを握って仕事を再開させた。

王太后のお茶会

「無理っ、もう無理っ、無理だったらーっ」

エルシーはベッドの柱に抱きついて叫んでいた。

「もうちょっとです！」

「だから無理っ、内臓飛び出る！　死んじゃう死んじゃうぅ！」

何をしているのかと言えば、王太后主催のお茶会の支度の真っ最中である。

ドレスを着るためにコルセットを締める必要があるのだが、さっきからドロレスが容赦なくぎゅうぎゅう締め上げるので、本気で内臓が飛び出そうなほどに苦しいのだ。

「もう少し我慢してください!!　柱から手を放さないでください、ねッ！」

「ぎゃあああああああ!!」

最後の仕上げとばかりに力いっぱい締められて、エルシーはカエルを潰したみたいな悲鳴を上げた。

ドロレスがやり切った感満載の笑顔で額の汗を拭う隣で、エルシーは絨毯《じゅうたん》の上に両手をついて、ゼーゼーと肩で息をする。

コルセットをこんなに締め上げなくてもドレスは着られるのに、何故ここまでする必要があるのだろう。

「お妃様、さすがに『ぎゃあ』はないと思いますよ」

ダーナが床にへたり込んだエルシーを助け起こしながら言う。

コルセットが終わったので、今度はその上からドレスを着るらしいのだが、お願いだからもう少し休ませてくれないだろうか。

しかしダーナは「時間がありませんから」と聞く耳を持たず、さあ立ててとその場にエルシーを立たせて、サファイアブルーのドレスを着せた。

お茶会がはじまるまでまだ二時間もあるのに、どうして「時間がない」のか、エルシーにはさっぱりわからないが、ここは逆らわない方がよさそうだ。

ドレスを着せたあと、ダーナとドロレスはエルシーの周りをぐるぐると回りながら、ドレスに皺がないか、ほつれがないかと全身をチェックする。

それが終わると今度は化粧に取りかかるそうで、鏡台の前に座らされると、化粧の粉が落ちないようにとケープをかけられた。

ドロレスがせっせとエルシーのまっすぐな銀髪に薔薇《ばら》の香油を塗りこみながら梳《くしけず》る。

ダーナはエルシーの肌を化粧水で整えつつ、肌にシミがないかを念入りに確認していた。

（……ここまでする必要があるの？）

貴族令嬢は、お茶会一つにここまで気合を入れなければならないのだろうか。

（確かにこれじゃあ、顔に痣を作ったセアラを王宮に入れられないわけだわ）

小さなシミ一つで大騒ぎなのに、大きな青痣を作ったセアラだったら大変なことになっていたはずだ。

外に洗濯物を干しに行くだけで帽子を被れと言われるはずだなと納得しながら、エルシーは今日ばかりは自分が修道院に捨てられたことを心から感謝してしまった。エルシーには貴族社会で生きていくのは無理だ。

シミの確認が終わったら、今度は眉を抜くと言い出したからエルシーはギョッとした。

「眉を抜く!?」

「整えるだけです。全部ではありません」

いやいや、それだとしても絶対に痛いはずだとエルシーは身構えるも、毛抜きを持ったダーナの目は怖いくらいに真剣で、背後にはドロレスもいるから逃げられそうにない。

「い、痛っ！　痛いッ！　ダーナ、痛いってばッ！」

一本一本眉を抜かれていく痛みに、エルシーは涙目になった。あまりの痛みに鼻の上の方がツーンとして、鼻水まで出てきそうだ。

「我慢してください。すべては陛下のお心に留まるためです」

「陛下のお心に留まらなくていいです！」

だから眉を抜くのをやめてほしい。

「何をおっしゃっているんですか!?」

つい本音がぽろりと出てしまったエルシーに、ダーナがキッとまなじりを吊り上げる。

「今日を逃せば陛下にいつお会いできるかわからないんですよ？」

正直言って別に陛下に会いたいわけではないが、これを言ったらさらに怒られそうなのでエルシーは涙目で口を引き結ぶ。

「お妃様はもともと眉が細い方ではいらっしゃいますが、眉の下のあたりを抜いたほうが目元がぱっちりして見えるんです」

ぱっちりして見えなくてもかまわない。

第一エルシーの眉毛は、髪より少し濃い銀色で、それほど目立つ色じゃないから、わざわざ抜かなくてもいいと思うのだ。

痛みでぽろぽろと涙がこぼれはじめたところで、眉を抜かれる苦行が終わったらしい。濡《ぬ》れたタオルで眉のあたりを冷やされて、エルシーは魂が抜けたようにぐったりしてしまった。

それなのに、今度は小顔になるマッサージをするだとかで、また痛いことをされてしまう。

「もう嫌！　お茶会怖いっ！」

「はじまる前からそんなことでどうするんですか！」

「そうですよ。それにお妃様、礼拝堂を汚した犯人捜しをするっておっしゃっていませんでした？」

「もちろん犯人は捜すけど、それとお茶会になんの関係があるの？」

「なんのって、礼拝堂は王宮とつながっているんですよ？　お妃様候補の中に目撃者がいるかもしれませんし、もしかしたら犯人だって――」

　エルシーはハッとした。

　確かに、犯人が外部の人間とは限らない。

（もしかして犯人がお茶会に来るかもしれないってこと？）

　それに気づくと、小顔マッサージの痛みはまったく気にならなくなった。

「そうよね！　グランダシル様のためにお茶会に行かないといけないわ！」

　そして犯人を捜すのだ。

　闘志をみなぎらせるエルシーに、マッサージをしていたダーナはあきれ顔だ。

「犯人捜しもいいですが、まずは陛下とお近づきになってください。……聞いてらっしゃいます？」

　残念ながらダーナの苦言はエルシーの耳には入っていなかった。

　今日のお茶会には妃候補が全員集まる。頑張って聞き込みをして、犯人につながる手がかりを探るのだ。

「ちょっとドロレス、どうするのよ、これ」

「そうねえ……お茶会に前向きになってくれたらと思ったのだけど、妙な方にやる気になっちゃったわね。どうしましょう」

「どうしましょうじゃないわよ。この調子じゃ、陛下を無視して犯人捜しをはじめそうだわ」

二人がぼそぼそと話をしているが、エルシーはそれも耳には入らない。

(グランダシル様の像を汚したってことは、違う宗教の方かもしれないわね！)

きっと国で一番信仰されている神様に嫉妬したのだ。そうに違いない。

「ねえダーナ、ドロレス。お妃様候補たちに信仰を訊いても大丈夫かしら？」

「大丈夫ではありませんからやめてくださいませ」

「そうですわ。どこの世界にお茶会で信仰を確認するお妃様がいらっしゃいましょうか」

ダメなのか。エルシーはがっくりと肩を落とす。

「じゃあ何を訊けばいいかしら。……いっそのこと、単刀直入に礼拝堂を汚したかどうか――」

「はい、落ち着きましょうね、お妃様」

これ以上は聞いていられないと思ったのか、ドロレスが待ったをかけた。

「明らかに犯人捜しをしていると気づかれては、皆さまを警戒させるだけですわ。ここはさりげない会話の中から小さな手掛かりを探すようにしたらいかがでしょうか？　ええ、当たり障りのない、お茶会らしい会話から探るのですわ」

これはまた難易度の高いことを言われてしまった。

(でもそうよね。警戒されたら、誤魔化されるかもしれないものね)

非常に回り道のようにも思えても、実はそれが近道であることもよくあることだ。

(修道院の裏山も、ぐねぐねしている脇道の方が実は早くたどり着くものね!)

まどろっこしいようでも、グランダシル神のために頑張らねば。

「わかったわ! さりげない会話から怪しいところを探してみるわね!」

「その意気ですわ、お妃様!」

「はい、では、次はお化粧をしましょうね」

いつの間にか小顔マッサージは終わっていたらしい。

ダーナがエルシーの目元ににじんだ涙をタオルで拭い、肌に丁寧に白粉《おしろい》を塗っていく。

ドロレスはエルシーの髪をコテでクルクルと巻いて柔らかいウェーブを作り出すと、ハーフアップにして、ドレスに合わせて青いリボンでとめた。

ダーナはダーナで、白粉を塗り終えると目元に丁寧に色を重ねて、頬紅をつけ、淡い色の口紅を塗った。

きっちり一時間のメイクを終えて、ダーナはふーっと息をつく。

「完成ですわ! これならば陛下もご興味を示されるに違いありません!」

そうして出来上がった「エルシー」は、まるでおとぎ話に出てくるお姫様のようだった。

もともとぱっちりした青い瞳だったけれど、メイク効果でさらに大きく見える。肌が白いため血色が悪く見えていた顔も、頬紅のおかげで青白さは半減していた。

髪も、いつも気にせず背中に流していたのだが、緩く巻かれるだけでずいぶんと雰囲気が変わるものだ。

コルセットは相変わらず苦しいが、おかげで細かった腰がさらに強調されて、スタイルがよく見える。

「さあ、時間がありませんよ、お妃様！　お城までは歩いて行かなければなりませんからね。行きましょう」

王宮から城までは馬車が出ないので、城までの距離を歩かなければならない。一番左端の建物を与えられたエルシーは一番距離が離れているので、急いで向かわなくてはならないらしい。

なるほど、ダーナが「時間がない」と言ったのも頷ける。

お茶会にはダーナが同行することになっているので、ドロレスに見送られてエルシーは王太后のお茶会に出発だ。

（さりげない会話で犯人捜し。直球質問はダメ。……よし、難しそうだけど頑張ろう）

エルシーは心の中で呪文のように何度も同じことを唱えて、歩き出した。

、

二十分かけてたどり着いた城の庭には、日よけのための布が張られて、その下に白い丸テーブルが四つ並べられていた。

離れたところには長方形のテーブルがあり、茶器が用意されている。

今日は少し風が強くて、風が吹くたびに日よけの布がバサバサと大きな音を立てていた。

到着が少し早かったようで、エルシーのほかには二人の妃候補の姿しかない。エルシーは妃候補の顔も名前も知らないのでわからなかったが、ダーナがそっと、アイネ・クラージ伯爵令嬢とイレイズ・プーケット侯爵令嬢だと教えてくれた。

アイネ・クラージ伯爵令嬢が赤毛の小柄な方で、イレイズ・プーケット侯爵令嬢が黒髪の少し背の高い方だという。アイネが十五歳で王宮は右から十一番目、イレイズが十八歳で王宮は右から六番目だそうだ。

礼拝堂を汚した犯人を捜すために、妃候補たちとは積極的に会話をすべきだ。それに、初対面なのだから挨拶をした方がいいだろう。

アイネとイレイズはそれぞれ違うテーブルについていたので、エルシーはまず、近くのテーブルにいたアイネのもとに挨拶に向かった。

アイネはフリルたっぷりのピンクのドレスを着ている、おっとりとしたたれ目の、丸顔の小柄な少女だった。ドレスにはたっぷりと真珠が縫い付けられていて、耳元や首元にも高そうな宝石が輝いている。

ダーナとドロレスがエルシーの身を飾る宝石がないと騒いでいたことを思い出して、さすが本物のお姫様は違うなとエルシーは感心した。

実家から物を届けさせることは不可だが、王宮に入るときに身に着けていたドレスや宝石類は没収されなかった。もちろん、入念に毒物検査などはされたけれど、安全と認められたものはそのまま王宮の部屋に持ち込まれている。

だからきっと、アイネは王宮に来るときにたくさんのアクセサリーを身につけていたのだろう。ちなみにエルシーは王宮に入るときにアクセサリーを何もつけていなかったから、身を飾る宝石は一つもない。

「はじめまして、アイネ様。わたくし、セアラ・ケイフォードと申します」

アイネは挨拶に来たエルシーに目を丸くして、それからふんわりと笑った。

「まあ、これはご丁寧に。アイネ・クラージですわ。どうぞ仲良くしてくださいませ」

「はい、ぜひ！」

「セアラ様と言うと、礼拝堂によく通っている方かしら？」

別の声が割り込んできたので顔を上げると、アイネから少し離れたテーブルについているイレイズが興味深げな顔をしていた。

イレイズは少し吊り目の美人だった。髪と同じ黒い瞳は切れ長で知的で、肌は陶器のようにきめ細かい。

（二人ともすごく可愛い。ダーナとドロレスが気合を入れて支度するわけだわ）

エルシーは正直どうでもいいが、ダーナとドロレスはいかにしてエルシーを国王陛下の目に留まらせようかと必死だ。美人ぞろいな妃候補たちの中で埋もれないためには、確かにおしゃれも必要だろう。

イレイズの身につけているドレスは、黒地に赤の差し色が入ったものだった。あまり横に広がらないデザインで、背の高い彼女によく似あっている。だが、彼女はアイネとは違いアクセサリーはつけておらず、変わったものと言えば手元にある扇くらいだった。

（今日は暑くないけど、扇があったら扇《あお》ぐのに便利よね。……いいなあ）

エルシーが明後日の方向に思考を飛ばしていると、それに気づいたらしいダーナが控えめに咳ばらいをした。

エルシーはハッとする。

「はい、礼拝堂には毎日通っています！」

「やっぱり！　侍女たちが話していましたのよ。ずいぶん敬虔な方がいらっしゃると」

「わたくしも聞きましたわ。お掃除されているんですって？」

「まあ、お掃除……。それは、大変ではなくて？　ほら……あれでしょう？　陛下がお命じになられたから、自分たちの暮らす部屋も掃除しなくてはいけないでしょう？」

イレイズが愁いを帯びた表情で、はあ、と息を吐きだした。

「掃除に洗濯にお料理なんて……わたくし、一年もここで暮らしていけるのかしら」

「わかりますわ。侍女たちにも限界がありますもの」

アイネまで重たいため息をこぼす。

（やっぱりお姫様にとって、掃除も洗濯もお料理も大変なことなのね）

エルシーがふむふむと頷いていると、アイネがにこやかに訊ねてきた。

「セアラ様もここでの生活は大変でしょう？」

エルシーはきょとんとして、それから首を横に振った。

「いえ！　毎日楽しくすごさせていただいています！」

「え？」

「楽しく？」

アイネとイレイズが目を丸くする。

何か変なことを言っただろうかと背後のダーナを振り返ると、ダーナがあきれ顔をしていた。ダメだったらしい。

イレイズが探るような目を向けてきた。

「掃除に洗濯にお料理ですわよ。それに服も自分で作らなくてはいけないんですのよ？　どこが楽しいんですの？」

「そうですわ。掃除や洗濯はともかく、お料理や裁縫ともなれば侍女でも対応が難しいでしょう？　刺繍や簡単な小物は作れても、ドレスなんて……」

アイネが眉を寄せる。

料理も裁縫も得意だとエルシーが答えかけたとき、四人目の妃候補がやってきた。どうやらアイネと顔見知りらしくて、控えめに手を振りながらまっすぐこちらへやってくる。

エルシーがここにいると邪魔になるだろうと後ろに下がると、イレイズが小さく手招いた。

「よかったらこちらへどうぞ」

ダーナに目配せすると頷かれたので、エルシーはイレイズが座っているテーブルに向かう。ここでは侍女は離れたところに待機することになっているので、ダーナはエルシーが席につくと、侍女たちの待機場所に移動した。

「さっきのお話ですけど、セアラ様は本当にここでの生活にお困りではないの？　わたくしなんて、着るものがなくて本当に困っていますのよ。二人の侍女も服なんて作ったことがないと言いますし……、このままだったら布をそのまま体に巻き付けて生活することになりそうですわ」

心の底から参っているのだろう、イレイズは額に手を当てて息を吐きだす。

「いくら陛下にお手紙を書いても、考えを改めてくださいませんし、いったいどうしたらいいのかしら。かといって、決まり事ですもの、実家から物を送ってもらうわけにもいかないでしょう？　せめて服だけでもなんとかならないかしら。囚人だって服くらい与えられてよ」

イレイズはちらりとエルシーのドレスを一瞥した。

「あなたは着るものはどうなさっているの？　シンプルなワンピースを着て歩いているところをわたくしの侍女が見かけたそうだけども……、あなたのところの侍女は裁縫が得意なのかしら？」

うらやましいわ、と言ってイレイズの視線が離れたところに立つダーナに向く。子供がおもちゃを欲しがるのとよく似た目をしていたので、エルシーは慌てた。

「ダーナは刺繍が得意ですけど、裁縫は得意じゃないですよ！」

だからダーナを取り上げないでくれと言えば、イレイズがきょとんとする。

「まあ、それではもう一人の侍女かしら？」

「ド、ドロレスも刺繍は上手ですけど、服は作れません！」

ドロレスも取られてなるものかとエルシーが力いっぱいに否定をすれば、イレイズは首をひねった。

「それなら、いったいどなたが服を作っていらっしゃるのかしら？」

「わたくしです」

だから二人とも取らないでねと心の中でお願いしながら答えれば、イレイズは「まあ」と口元に手を当てる。

「あなたが？」

「はい。簡単なものしか作れませんが、ああいったことは得意でして……」

何せ、修道院で散々子供の服を作ったり繕い物をしてきたのである。裁縫には慣れているのだ。

「そう、なの……。まあ、うらやましいわ……」

どうやらよほど困っているようだった。

誰も服を作れないのであれば、最初に支給されたドレスで一年をすごさなければならないのだから、確かにそれは死活問題だ。

(今更だけど、ジョハナ様が王宮のルールを説明した時にダーナが怒ったのがわかる気がするわ……)

裁縫が得意なエルシーにはなんの苦もなかったけれど、イレイズのように裁縫が苦手な令嬢たちにとっては、ドレスの支給がないのは相当な痛手だ。

なんだか可哀そうになってきた。助け合いの精神はシスターの基本。ならば。

「よかったら、お作りしましょうか？　簡単なワンピースしか作れませんけど」

エルシーが申し出ると、イレイズは目を丸くした。

「まあ、よろしいの？」

「はい。でも、本当に簡単なものしか作れませんよ？　ドレスとかは作ったことがありませんから」

「もちろんそれで構わないわ！　よかった、本当に困っていたのよ。今日、陛下がいらっしゃると言うから、直接お願いに行こうと思っていたくらいなの……」

聞けば、イレイズはこの二週間余り、最初に支給されたドレスだけですごしてきたらしい。それは大変だったろう。ドレスは何枚もの生地を重ねているから、洗濯しても乾きが遅い。それに、何度も洗濯すると生地が傷んでしまうのだ。

イレイズが明日にでも生地を持ってエルシーの暮らしている部屋に来るというから、あとでダーナに報告しておこうと頷いたところで、侍従が王太后の到着を告げた。

イレイズと話し込んでいたから気づかなかったが、お茶会の会場には、いつの間にか多くのお妃候補たちが集まっていた。全員ではないが、お茶会の開始時間まであと十分ほどだから、もうじき集まってくるだろう。

イレイズがお話はまたあとにして王太后に挨拶に行こうと言うから、エルシーも頷いて席を立った。

王太后は一番城に近いところにあるテーブルに座った。

王太后フィオラナは、艶やかな金色の髪に緑色の瞳をした年齢を感じさせない美人だった。凛《りん》としたまなざしは威厳と迫力に満ちている。

イレイズとエルシーが挨拶に行くと、フィオラナは鷹揚《おうよう》に頷いて、今日は楽しんでいきなさいとだけ言った。

短い挨拶を終えてイレイズとともに席に戻ると、先ほどはいなかった別の令嬢が座っていた。

（あ、この方……）

派手な金髪のこの令嬢は、クラリアーナ・ブリンクリーだった。いつぞや、礼拝堂の前で会った公爵令嬢だ。

イレイズとエルシーが席につくと、クラリアーナは細い眉を吊り上げたけれど、ばさりと扇を広げて顔を隠しただけで文句は言わなかった。

（クラリアーナ様も扇を持っているのね。いいなあ……。わたくしもほしい……）

いっそのこと、手紙を書くために支給される紙を使って自作できないだろうか。扇の骨組みがないが、何か代用できるものがあるかもしれない。

（工作は得意だもの。紙はたくさん余ってるし、手紙を書く予定もないからいいわよね？）

ケイフォード伯爵家から本物のセアラが手紙を送ってくるかもしれないが、返信用の紙など一、二枚残っていれば事足りる。ダーナとドロレスは怒るだろうが、今後フランシスに手紙を書くことはないと思うので使ってしまっても大丈夫だ。

「ごきげんよう、クラリアーナ様」

「ご、ごきげんよう、クラリアーナ様」

イレイズがクラリアーナに声をかけたので、彼女をそっくり真似《まね》してエルシーも挨拶すれば、クラリアーナはちらりと二人に視線を向けて、ツンと顎をそらした。

「ごきげんよう」

その仕草がどこか女王然としていて、エルシーは小さな感動を覚えてしまう。

そして今日も今日とて素晴らしいドレスだ。

今日のクラリアーナのドレスは前回と同様に大きく襟ぐりが開いたもので、濃い紫色だった。フリルとリボンがたっぷりついている。

エルシーに支給されたドレスはどれも露出の少ない控えめなもので、イレイズが着ているものもそうだから、きっとこのドレスはクラリアーナか彼女の侍女が縫ったものなのだろう。前回も思ったが、すごい縫製技術だ。

（やっぱり教えてほしい……）

なんとかしてクラリアーナと仲良くなってドレスの作り方を教えてもらえないかと考えていると、突然、ざわりと周囲にさざめきが走った。

どうしたのだろうかと顔を上げると、左右にそれぞれ騎士を一人ずつ従えた背の高い男がこちらに歩いてくるところだった。

顎の下ほどまでの長さの艶やかな黒髪に、エメラルドのように綺麗な緑色の瞳。漆黒のマントが風でばさりとはためいて、臙脂《えんじ》色の裏地をのぞかせていた。両サイドにいる騎士のうちの一人はクライドだ。もう片方の灰色の髪の男は知らないが、クライドと同じ詰襟の軍服を着ているので騎士に間違いない。

（あの方が国王陛下かしら？）

威風堂々とした様は、まさしく「国王！」という感じだった。

エルシーにはよくわからないが、各テーブルからきゃあきゃあと歓声が上がっているので、国王陛下はよほど人気があるらしい。確かに、美醜に疎いエルシーでさえ整っていることがわかるほど綺麗な顔立ちをしている。

しかし、何が気に入らないのか、そのお綺麗な国王陛下はむっつりと不機嫌そうな表情を浮かべていた。

王は王太后の前を通るとき、慇懃《いんぎん》に一礼し、そのままこちらへ歩いてくる。

国王が王太后の前を通り過ぎると、王太后がふと悲しそうに眉を寄せたのが気になった。

同じテーブルのクラリアーナが「ふふっ」と小さく笑った。

「陛下がこちらへ来るのは当然よね。わたくしがここに座っているんだもの」

（え？）

なんと、国王はこの席に来るらしい。

ピクリとイレイズが肩を揺らして、ピンと背筋を伸ばしたので、エルシーも慌ててそれに倣う。

よりにもよって何故ここに来るのだろうか。

（これじゃあ自由におしゃべりできないじゃない！）

エルシーは国王に興味がないのだ。エルシーが興味があるのはここにいる妃候補たちだけである。彼女たちとたくさん話をして礼拝堂を汚した犯人の手掛かりを探すのである。正直、自由に話ができなくなるので、国王の存在は邪魔でしかない。

離れたところにいるダーナが小さくガッツポーズをしたのが見えた。喜ばないでほしい。これは想定外の事態だ。

国王がこちらへ来たから、彼についてきた騎士二人も当然ここに来る。

テーブルには椅子が四脚しかなかったので、二人は国王の背後に立ったままだ。圧迫感がすごい。椅子を理由に逃げ出せないだろうかと考えていると、クライドと目が合った。彼は片目をつむって「お気遣いなく」と口の動きだけで言った。どうやらエルシーの魂胆は見え見えだったようだ。

(まずいわ。国王陛下の名前すら憶《おぼ》えていないのに、どうしろって言うの?)

エルシーは国王の名前を知らない。当然知っているものだと思っているダーナやドロレスは教えてくれなかったし、貴族令嬢たるもの知っていない方がおかしいはずなのでエルシーも訊ねることができなかった。

話しかけられてはたまらないと、できるだけ目を合わさないようにしようと視線を下に向ける。

国王が席につくと、給仕担当たちが各テーブルにティーセットを運び、全員にいきわたったところで王太后が銀のスプーンでティーカップの縁を軽く叩いた。

「本日はわたくしのお茶会にいらしてくださってどうもありがとう。短い時間ですけど、楽しんでちょうだい」

(どこが短いのかしら。二時間もあるのに。……はあ、二時間……。陛下、早く別のテーブルに移ってくれないかしら)

国王に話しかけたくてうずうずしているほかの令嬢とは対照的に、エルシーは「どうかへましませんように」とこっそりと憂鬱なため息をついた。


国王の名前だが、お茶会がはじまってすぐに知る機会が生まれた。

クラリアーナが「うふふ」と華やかな笑みを浮かべて、国王に話しかけたからだ。たしかクラリアーナは国王のはとこにあたるらしい。なるほど、彼がこのテーブルに来たわけだ。

「フランシス様、そんな仏頂面をしていないで、もっと楽しみましょうよ!」

(国王陛下はフランシス様というのね。フランシス様。覚えておかなきゃ)

とりあえず、フランシスの相手はクラリアーナに任せておけばいいだろう。エルシーは出しゃばらず、彼がどこかへ消えるまで目の前のお茶とお菓子を堪能することにした。

注《つ》がれたばかりの紅茶からはかぐわしい香りが漂っている。目の前の三段トレイに盛られたお菓子やサンドイッチも、どれも宝石のように美しかった。

紅茶を一口飲んで、その美味しさにエルシーはほーっと感じ入った。紅茶の茶葉も食材と一緒に届けられるし、ダーナやドロレスは紅茶を入れるのがとても上手だったけれど、ここで出された紅茶はそれとは比べ物にならないくらいに美味しかった。おそらく茶葉の品質が違うのだろう。

イレイズも紅茶に口をつけ、柔らかく目を細めている。そして三段トレイの下段の一口サイズのサンドイッチを手に取ると、口に入れて嬉しそうに微笑んだ。自分たちで食事を作れと命じられているから、どうしても城の料理長が作る洗練された食事は味わえない。侯爵令嬢のイレイズにとっては、久しぶりに満足のいく食事なのかもしれなかった。

エルシーもイレイズと同じくサンドイッチに手を伸ばして、それからフランシスの斜め後ろに立っているクライドともう一人の騎士が食事に手を付けていないことに気が付いた。立ったままだから紅茶も食事もとれないのだろう。

「クライド様は食べないんですか？」

エルシーが訊ねると、クライドが笑った。

「ここに来る前に腹いっぱい食べたんでお気遣いなく」

礼拝堂を掃除してもらって以来、エルシーとクライドは仲良くなっていた。というか、エルシーのアップルケーキが気に入ったクライドが一方的にエルシーを気に入ったとも言える。彼は次の日、アップルケーキのお礼だと言って大量のリンゴを差し入れてくれた。こんなに食べきれないと言えば、ケーキにしてもらえば自分が食べると言った。あれは遠回しにアップルケーキをねだられたのだと確信している。

エルシーがクライドに話しかけたからだろうか、イレイズが少し緊張した顔でもう一人の騎士に話しかけた。

「コ、コンラッド騎士団長は、いかがですか?」

なんと、もう一人は騎士団長だったらしい。エルシーは驚いた。騎士団長にしては若い。クライドよりも少し年上――三十前後にしか見えない。

イレイズの声が少し上ずっている。コンラッドが苦手なのだろうかと思えば、その頬がほんの少し赤く染まっていた。エルシーはもう一度コンラッドを見て、なるほどと合点する。嫁ぎ先は神様と決めているエルシーはなんとも思わなかったが、コンラッドは整った顔立ちをしていた。トサカ団長――いや、クライド副団長も精悍な顔立ちをしているが、彼とはどこか違って、騎士らしくないというか――貴公子然としている。

ちらりとほかのテーブルを見れば、誰もがこちらのテーブルに視線を向けていた。

フランシスも整った顔立ちをしているし、彼の後ろにいる騎士二人もそうとなれば、令嬢たちの熱い視線が注がれてもおかしくはない。

エルシーはなおのこと居心地が悪くなって、何か適当な理由をつけてほかの席に移ることはできないだろうかと思った。このままここにいては針の筵《むしろ》だ。誰か代わってほしい。

こっそりため息をついた時、フランシスの視線がこちらへ向けられていることに気が付いた。

どうかしたのかと顔を上げれば、目が合った瞬間に逸らされる。首をひねれば、フランシスが視線を逸らしたまま言った。

「……そなたは？」

フランシスがそう一言発した瞬間、ざわりと喧噪《けんそう》が立った。

フランシスが女性の名を訊ねることが珍しいと知らないエルシーは、なんでざわついたのかわからないが、訊ねられたら答えるべきだと、「セアラ・ケイフォードです」と双子の妹の名前を名乗る。

「セアラ……そうか。ケイフォード伯爵家の」

フランシスが少しがっかりしたような表情をしたのが気になった。

「確かセアラと言えば……礼拝堂を毎日掃除していると聞いたが、本当か？」

国王は王宮には一歩も足を踏み入れていないらしいのに、どうしてそのことを知っているのだろうか。不思議に思いつつも、エルシーは頷く。

「はい」

「何故だ？」

「何故？」

どうして理由を求めるのだろう。礼拝堂を掃除することに意味が必要だろうか。エルシーはきょとんとして、修道院の教えをそのまま答えた。

「グランダシル様に心地よくお過ごしいただくためです」

「……は？」

フランシスは虚を突かれたように目を瞬いた。何故驚くのだろう。わかりにくかっただろうか。

「礼拝堂はグランダシル様のお住まいですもの。わたくしたちのお家《うち》だって、毎日掃除をするではありませんか。グランダシル様のお住まいを掃除することは当然のことですわ」

「グランダシル……ああ、そうか、神のことか」

誰のことだと思ったのだろう。この国は宗教国家ではないため、神に仕える身でなければ信仰心が薄いとは聞くが、神様の名前をすぐに思い出せないとは何事だろうか。

エルシーはちょっぴりムッとしたけれど、他人に信仰を押しつけてはならないというカリスタの教えを思い出して、深呼吸することでその怒りを鎮めることに成功した。「他人に信仰を押しつけてはならない。神様の教えが必要なときは、人の方から集まってくるものだから」。それが、尊敬するカリスタの教えだ。

「セアラは神に心地よく過ごしてもらうために礼拝堂を掃除している、ただそれだけだと？」

「ほかに何か理由がございましょうか？」

「……まあ、こざかしい」

エルシーが頷いた直後、冷ややかな声がしたので視線を向けると、クラリアーナが鋭い視線でこちらを睨んでいた。

「神のために掃除をするですって？　見え透いた嘘《うそ》などつかずとも、素直にフランシス様のお気を引くためですとお答えすればいいじゃないの」

「……え？」

礼拝堂を掃除することが、どうしてフランシスの気を引くことにつながるのだろうか。

しかしここで、「そんなつもりはこれっぽっちもない」と答えると、今度はフランシスに対して失礼になってしまうかもしれない。

（これはなんて答えるのが正解なのかしら……？）

エルシーが困っていると、クラリアーナが艶然と微笑む。

「でも残念ね。礼拝堂は汚されたせいで入られなくなったでしょう？　ねえ、イレイズ様？」

「え？　……え、ええ、そうだったかしら？」

どこか上の空だったイレイズが、クラリアーナに話しかけられて曖昧に微笑んだ。

（入れない？）

エルシーはきょとんとした。礼拝堂がいつ封鎖されたのだろうか。エルシーは今朝も掃除をしてきたばかりだけど。

「知らなかったの？　毎日掃除に出かけているのに？　今、礼拝堂は泥や絵の具で汚れているのよ。どうしてなのかしら。セアラ様が毎朝掃除なさっているはずの礼拝堂が、どうしてそのように汚れてしまったのかしらね。ねえ、フランシス様？」

エルシーは驚いた。せっかく掃除したのに、また泥と絵の具で汚されてしまったのだろうか。こうしてはいられない。早く綺麗にしなければ。

（ああっ、お茶会はまだ終わらないの？）

もちろんはじまったばかりのお茶会は、まだ一時間以上も時間がある。いてもたってもいられずそわそわしはじめると、フランシスが静かに言った。

「礼拝堂はすでに掃除されて元通りだ。立ち入りも禁止していない」

エルシーはホッとした。もしかしてクラリアーナは、少し前に汚された礼拝堂がまだそのままにされていると勘違いしたのかもしれない。

「まあ、そうでしたの。知りませんでしたわ」

クラリアーナが大げさに言って、ニコリとエルシーに笑いかけた。

「よかったですわね、セアラ様。汚した礼拝堂が綺麗になって」

「はい！　本当によかったです！　クラリアーナ様も心配してくださっていたんですね！　ありがとうございます！」

「え？」

クラリアーナが目を丸くしたが、エルシーはにこにこと続ける。

「ここにいるクライド様たち騎士の方々がピカピカにしてくださったんですよ！　だから安心してお祈りできます！　いつでも礼拝堂にいらしてくださいね！」

「は？」

クラリアーナが虚を突かれたように目を瞬いていると、フランシスが苦笑を禁じ得ないという顔で口を挟んだ。

「クラリアーナ、セアラは汚したのではなく掃除をしたのだ。彼女が毎日掃除をしていることは、ジョハナの証言もある。まぎれもない事実だぞ」

「……そのようですわね」

「そうだ。……さてと、私はもう行く。テーブルすべてを回るようにと王太后から指示を受けているからな」

アップルケーキを口に入れて、フランシスは立ち上がった。

クライドとコンラッドもフランシスのあとを追って次のテーブルへ向かう。どういうわけか当然のような顔をして、クラリアーナも席を立ってフランシスについて行った。

イレイズと二人っきりになると、エルシーはようやくフランシスがいなくなったと胸を撫でおろす。

だが、周囲を見ると席を立って移動しているのはフランシスとクラリアーナ以外にはおらず、エルシーがほかの席に回って妃候補たちに話しかけるのは難しそうだ。

（イレイズ様は礼拝堂を汚した犯人について何か知っているかしら？）

ほかに話しかける相手もいないので、エルシーはフルーツタルトを優雅に口に運んでいるイレイズに視線を向けた。

ほかの妃候補たちはフランシスが移動した先をジーッと目で追いかけているが、イレイズはエルシー同様フランシスに興味がないのか、静かに食事を続けている。

「イレイズ様は礼拝堂には行かれないんですか？」

「え？　……礼拝堂、ですか？」

質問が直球すぎただろうか。イレイズが目をぱちくりとさせる。

「はい。クラリアーナ様が礼拝堂へ向かわれるのは見たことがありますけど、ほかのお妃様候補の方の姿は見かけないので気になって」

グランダシル神に祈ることを強制したいわけではないが、ここまで礼拝堂が不人気だと、シスターを目指す者としてはとても淋しい。

礼拝堂を大切にしてくれている様子のクラリアーナとは、今後どうにかしてお近づきになりたいものだが、ほかにもできれば仲間がほしい。題して「礼拝堂大好き仲間」だ。会員一号はおこがましいがエルシーで、二号と三号がダーナとドロレス、四号にクラリアーナを（勝手に）予定している。できることならば、十人は会員がほしい。

(トサカ団長も入れてもいいかしら？　なんだかんだ言って、あの方、礼拝堂に来ることが多いし)

クライドはアップルケーキを求めてエルシーの周囲に出没することが多いので、自然とエルシーを探して礼拝堂に足を踏み入れる。そのうちエルシーとともにグランダシル神に祈ってくれるようになると、エルシーは勝手に確信していた。

「どうでしょう……。寄付をするときや、チャリティーバザーのときにしか足を運んだことがないので。セアラ様はどうして礼拝堂に？」

「グランダシル様に感謝を捧げるためですわ！」

「感謝……？」

「毎日無事に楽しく生きています。見守ってくださってありがとうございますって感謝をお伝えしています」

「……まあ、本当に礼拝堂がお好きなのね」

「大好きです！」

「そう……」

イレイズは戸惑いの表情で薄い微笑を浮かべた。

「礼拝堂が汚されたとお聞きしましたけど、それでは、さぞショックだったでしょうね」

エルシーは大きく頷いた。

「はい、すっごく悔しくて！　だから絶対に犯――いえ、なんでもないです！」

犯人を捜し出して反省させると言いかけたエルシーは慌てて口を閉ざした。余計なことを言うなとダーナとドロレスから言われているからである。

「その、汚された礼拝堂ですけど、騎士団の方が掃除をしてくださって、今は元通りピカピカです。もうどこも汚れていませんからいつでもお祈りできます！」

エルシーの熱意が伝わったのか、イレイズが苦笑して頷いた。

「お祈り……そうですわね、では近いうちに。でも礼拝堂はどうして汚されたのでしょうね。わたくしは礼拝堂へ足を運びませんから知りませんでしたけど、皆さま、このことはご存じだったのでしょうか？」

「どうですかね？　礼拝堂に立ち入る方は少ないので、ご存じの方は少ないかもしれないですね」

エルシーが知っているのはクラリアーナだけだ。もちろん、エルシーが知らないところでお祈りに来ている妃候補はいるだろう。だが、エルシーは礼拝堂のすぐ近くの部屋を与えられたので、人が多く出入りしていれば気が付くはずだ。だから、あまり出入りしていないと思っている。

「そうですか」

イレイズは考え込むように顎に手を当てた。

「……妙ですわね」

エルシーは大きく頷いた。

「そうですよね！　礼拝堂でお祈りされる方がこんなに少ないなんて。きっと皆さま、一番端っこにあるから遠慮なさっているのでしょうか。真ん中にあればよかったですね」

イレイズは目を丸くしたあとで、思わずといったように小さく吹き出した。

「ふふ……、セアラ様はとても面白い方ですわね」

「え？」

面白いと言われるような発言をしただろうか。

首をひねるセアラの皿に、イレイズがチョコレートケーキを載せる。

「せっかくの機会ですから、美味しいものをたくさん食べて帰りましょう」

それには大いに同意する。

エルシーはそうですねと笑って、イレイズが皿に載せてくれたチョコレートケーキを頬張った。

深夜の礼拝堂

お茶会の翌日。

約束通り、イレイズは二人の侍女を伴ってエルシーの部屋にやってきた。

着るものがないのは本当のようで、今日も支給されたドレスのうちのクリームイエローのドレスを着ている。だが、ふんわりしたデザインのドレスは、背が高くキリリとした顔立ちのイレイズにはあまり似合っていなかった。

持てるだけ持って来たのか、イレイズの侍女二人の手にはたくさんの布地がある。

玄関をくぐったイレイズは、驚いたように玄関ホールを見渡した。

「すごくきれいに掃除なさっているのですね」

すると、エルシーとともにイレイズを出迎えに出たドロレスが、おっとりと頬に手を当てる。

ダーナには六人分のお茶の準備をお願いしていた。

「お妃様のおかげですわ。一人でなんでもなさるので困っているのです。わたくしたちも頼ってほしいのですけど、なかなか頼ってくださらないんですよ」

「その分ドロレスは刺繍をしてくれるじゃない。イレイズ様、見てください。このワンピースの襟の刺繍はドロレスが刺してくれたんですよ」

エルシーが自慢すると、イレイズと彼女の侍女二人がそろって笑い出す。

「仲がよろしいんですわね。それで、セアラ様がお作りになったワンピースは今着ていらっしゃるものでしょうか？」

「はい。ドロレスが着ているものも、あと、ダイニングにいるダーナが着ているものもそうです。デザイン違いでいくつも作っているので、あとでお見せしますね。お好きなデザインをおっしゃっていただければそちらをお作りしますから」

「……本当にいいんですか？」

「ええ、もちろん。お嫌でなければ下着類も作りますけど……」

ダイニングに案内しながら言えば、イレイズは恥ずかしそうに頬を押さえて、そっと息を吐く。

「恥ずかしいけれど、お願いできるかしら。……下着もないと困るもの」

「そうですよね」

まったく、ドレスのみならず下着類まで自分で作れとはフランシス国王も酷なことを言うものだ。

昨日のお茶会で各テーブルを回っていたフランシスへは、待遇の改善を求める声がいくつも寄せられたという。それをすべて適当にいなして、のらりくらりと全員の苦情をかわしたフランシスは、お茶会の時間が終わると義務は果たしたとばかりにそそくさと帰って行った。

（でもどうしてそんなひどいことを言うのかしらね？）

昨日までエルシーはなんとも思わなかったけれど、実際困っているイレイズを見れば、フランシスの命令がいかに酷なことなのか手に取るようにわかる。

ダイニングに案内すると、お茶の準備は整っていた。

「どうぞ。あ、そのアップルケーキもよろしかったら。クライド副団長様がリンゴをたくさん差し入れしてくださったから、たくさん焼いたんです」

「まあ、クライド副団長が差し入れ？」

「ええ。よくわからないんですけど、餌付けしちゃったようで」

「餌付け？」

エルシーが礼拝堂の掃除をしてくれたお礼にアップルケーキをふるまったところ、気に入ってリンゴを持って催促に来るようになったのだと告げると、イレイズは目を丸くしたあとで吹き出した。

「そんなことが……ふ、ふふふ、これがそのアップルケーキですのね。いただいてよろしいかしら？」

頷くと、イレイズがアップルケーキを食べて、「まあ」と頬を押さえる。

「本当。とても美味しいわ」

それはそうだろう。このアップルケーキはカリスタ秘伝のレシピである。エルシーはカリスタのアップルケーキが世界で一番美味しいと思っているし、実際に今までカリスタのレシピを超えるアップルケーキには出会ったことがない。昨日のお茶会でもアップルケーキはあったが、やはりカリスタの味には及ばなかった。

「たくさんあるので、よかったら帰りにお包みしましょうか？」

リンゴを腐らせる前に早く消費しようと本当にたくさん焼いたので、持って帰ってもらえると大変助かる。

「いいのかしら？　嬉しいわ。ここのところ、部屋ではずっとパンとミルクしか食べていなかったのよ」

「え!?」

エルシーが驚くと、イレイズの侍女二人が恥ずかしそうに頬を染めた。

「わたくしたち二人とも料理をしたことがなくて……、最初の方は挑戦したのですけれど、到底食べられるようなものではなかったのですわ」

これには、何をしても丸焦げにするダーナとドロレスも反応した。二人ともバツが悪そうな顔をして視線を泳がせている。

（食事もそうなら、国王陛下は本当にとんでもなくひどい命令を出したの!?）

なんてことだ。お茶会でフランシスへのクレームの嵐になるわけである。それに聞く耳を持たなかったフランシスは鬼畜極まりない。

「か、簡単なものでよろしければお教えしますけど……」

何もかもを丸焦げにするダーナとドロレスでも、教えたらスープは作れるようになったのだ。具だくさんスープがあればそれだけでも食卓に彩りが生まれるはずである。

「服に続いて料理まで……よろしいの？」

「ええ。ただ、今日一日で覚えられるかどうかはわからないので、また足を運んでいただくことになるかもしれませんけど」

「あら、それはかまわないわ。どうせすることがなくて退屈だったのですから、セアラ様がお嫌でなければ毎日でもここに来たいところよ。……むしろここまで快適そうだと一緒に住みたくなってくるわね」

イレイズに同意するように、二人の侍女もうんうんと頷いている。

しかしここにイレイズたちが住むとなると、部屋数が足りなくなってしまう。エルシーが本気で悩みはじめると、イレイズが慌てて首を横に振った。

「もちろん冗談ですわよ。ここに押しかけてきたりはしませんわ」

エルシーはホッとして、紅茶とケーキでイレイズが一息ついたあとで、イレイズの体のサイズを測るために二階に上がることにした。

その間に、一階では、ダーナとドロレスにイレイズの侍女たちにスープの作り方を教えてもらう。全員で二階の部屋に上がると狭いからだ。

二階のエルシーの部屋に上がってイレイズに下着姿になってもらうと、メジャーを使って胴回りや腰回りを測っていく。

エルシーにされるままになりながら、イレイズは部屋にあるトルソーにかけたままの作りかけのワンピースに目を留めた。

「まあ、袖がないタイプですのね」

「はい。これから暑くなるので、少しでも涼しくなるようにと。庭に出る時でも薄手のストールを羽織れば問題ないでしょうから。……はい、終わりましたよ」

サイズを書き留めて、エルシーはクローゼットからデザイン違いのワンピースを五着ほど取り出した。

「この中から好きなデザインはありますか？　できれば、刺繍はご自身か侍女の方にお願いしたいので、デザインだけ見ていただけると嬉しいです」

「もちろんですわ。刺繍くらいなら刺せますから。でも、そうね……迷ってしまうわ」

「一つに決めなくても大丈夫ですよ。生地もたくさんお持ちいただきましたし、何着か作っておきますので。イレイズ様の分が何着か仕上がったら侍女の方のもお作りしますね」

「侍女のものまで頼んでもよろしいの？」

「侍女の方も、着替えがないと大変でしょうから」

服が届けられないという点では、侍女たちも同じ憂き目に遭っていた。最初に支給されている数着の服以外、替えがないのだ。だからエルシーも、ダーナとドロレスに数着のワンピースを作ってあげている。ドロレスなどは自分の好みに合わせて刺繍を刺したり、リボンを縫い付けたりして、ワンピースを自分なりに可愛らしくアレンジしていた。

イレイズは感動して、ぎゅっとエルシーの手を握りしめてきた。

「本当に助かりますわ。本音を言えばわたくし、こんなところに来たくはなかったの。三か月後の里帰りの時に適当な理由をつけて候補から脱落しようと思っていたのよ」

「脱落……なんてできるんですか？」

「大っぴらには許されていませんけど、毎回数名の脱落者が出ると聞きますわ。前回の……前王陛下の時は、半数以上が脱落したとお母様がおっしゃっていたわね。前王陛下には王太子時代からのお妃様がいらっしゃって、その方をとても愛していらっしゃったから……。王太子時代のお妃様は正妃にはなれないので側妃の扱いになることが決まっていらっしゃったけど、陛下のお心は完全にその方に向いていたから、皆さま嫌気がさしてしまったという話よ」

しかし、幸か不幸か、前王と側妃の間に子が生まれず、正妃として嫁いだ王太后の面目はかろうじて保たれたとのことだった。これがもし側妃に男の子が生まれていたら、王太后は自分が産んだ子――すなわちフランシスを、王位につけることすら叶わなかったかもしれないと、もっぱらの噂《うわさ》らしい。

「側妃様は、六年前にお亡くなりになって、それからは前王陛下も、崩御なさる直前までご正妃様……王太后様をとても大切になさったそうですけど、側妃様がお亡くなりになるまで、いつ前王陛下と側妃様の間に子ができるかと、王太后様は気が気でなかったのではないかしら」

「その……疑問なんですが、どうして王太子時代のお妃様はご正妃様になれないのでしょうか？」

王太后はさぞ大変だったろうが、王太子時代に嫁いでいたからという理由で正妃になれなかった側妃もきっと苦しかったに違いないとエルシーが訊ねれば、イレイズは服を直しながら言った。

「必ずしもご正妃様になれないわけではありませんのよ。王太子時代のお妃様も家柄などの条件を満たしていたら、お妃様候補の一人として王宮へ上がれますの。そこで一年すごされたのち、ご正妃様に選ばれたという前例がないわけではありませんわ」

それでも、妃候補として一年間王宮ですごすことは絶対らしい。これは、王の妃の座を狙っての無用な争いを避けるためだとイレイズは言った。

「お妃様候補の制度ができるまで、陛下のお妃様争いはかなり熾烈だったそうですもの。わたくしも詳しくはありませんけども、政治がらみのややこしい問題もあったそうなの。だから、公平に陛下に選んでいただこうと、お妃様候補の制度ができたそうですわ」

ドレスの背中のボタンは一人では留められないから、エルシーが手伝っていると、イレイズはいったん言葉を止めてから、ふと窓の外を見やった。

「ここから礼拝堂がよく見えますのね」

「そうなんです！」

エルシーが嬉しそうに頷けば、イレイズは小さく笑ったあとで、考え込むように顎に手を当てた。

「お茶会のときに礼拝堂が汚されたとお聞きしましたけど、まだ犯人は見つかっていないのですよね？」

「残念ながら……」

「そう……」

背中のボタンを留め終わると、イレイズは窓に近寄って、下を見下ろした。

「わたくし、ちょっと気になることがあるんですのよ」

「気になること、ですか？」

「ええ。セアラ様は王宮から見て左のお部屋をお使いだからご存じないでしょうけど、実は、右寄りの部屋でも似たようなことが起こっているの。といっても、汚された礼拝堂を見たわけではありませんから、同じかどうかはわからないのですけど」

「部屋が汚されたってことですか？」

「いいえ、部屋ではなく、お庭なのだけど……。わたくしは真ん中あたりの部屋をいただいてるからなのか、今のところ被害には遭っていないのよ。でも、右に近い部屋を使われている妃候補の庭に、その、泥やゴミなどが入れられて騒ぎになっていたようですわ」

「泥やゴミ、ですか？」

知らなかった。驚いていると、イレイズが微苦笑を浮かべる。

「セアラ様は左側ですものね。わたくしが礼拝堂のことを知らなかったように、ご存じなくても仕方がありませんわ。真ん中の部屋を使っているわたくしも、どなたの庭が汚されたかまでは存じ上げませんの。ここでは何かが起こっても、あまり騒ぎにはならないから」

イレイズは確か右から六番目の部屋を使っている。王宮は横に長いので、離れた場所の部屋のことは確かによくわからない。

それに、妃候補たちは良家のお嬢様なので、何かあっても不用意に騒ぎ立てたりはしないらしい。あまり騒ぎ立てると気品を疑われて、妃争いが不利になると考えるのだそうだ。そのため、何か事件があっても、ほかの妃の耳には入りにくくなっているとイレイズは言った。

「わたくしが聞いた限り、被害に遭った方はお二人らしいのですけど……、そちらの犯人もわかっていないらしいので、また同じことが起こるのではないかしらって不安ですのよ。妃選定のときは毎回何かがあるというのは聞いていましたけど、まだはじまって一か月もたっていないのに……本当、憂鬱だわ」

「お妃様を選定するときに、毎回何かが起こるんですか？」

「これも聞いた話ですけどね。何も問題が起こらなかった年はなかったそうですわ。権力を欲しがるのは何も男性だけではないと言うことでしょうね」

「はあ」

（王妃様って確かになんかすごそうだから、みんななりたいってことで合っているのかしら？）

権力云々《うんぬん》はよくわからないが、きっとそうなんだろうなとエルシーは勝手に結論づけた。

「だからね、もしかしたら礼拝堂を汚した犯人と妃候補の部屋の庭を汚した犯人は同一なのではないかしらって……そう思うのはちょっと強引かしら？」

「そんなことはないと思います！　礼拝堂も泥だらけでしたもの！　名推理ですわ！」

つまり、礼拝堂を汚した犯人を捕まえれば、妃候補たちの部屋の庭を汚した犯人も捕まるということで、一石二鳥というわけだ。

（礼拝堂もだけど、人に迷惑をかけるなんて許せないわ！）

犯人は知らないかもしれないが、泥を落とすのはとっても大変なのだ。修道院の子供たちが雨上がりの日に泥団子を投げて洗濯物を汚したときは、目の前が真っ暗になったものである。

たかが泥、されど泥というやつだ。

「犯人を捕まえて泥の恐ろしさを教えて差し上げないといけませんわね！」

「はい？」

「泥ってお掃除が大変なんです！　きっと犯人はそれを知らないんですわ！　だから泥で汚すなんて悪質なことができるんです！　きっちり教えてあげないと！」

「……そ、そう、ね？」

イレイズが啞然としていることにエルシーは気づきもせず、決意も新たに拳を握りしめた。

「わたくし、何がなんでも犯人を捕まえてみせますわ！」

「…………」

イレイズは乾いた笑顔を浮かべて、是とも否とも言わなかった。

◆

（犯人を捜すって言っても、お茶会ではこれと言って成果はなかったし、次はどうしましょう？）

グランダシル像を乾いた布で拭きながら、エルシーはむむっと眉を寄せた。

イレイズからほかの妃候補の部屋の庭が汚されたと聞いた昨日、ダーナとドロレスにそれとなく訊ねてみたところ、侍女仲間に確認してきてくれた。

どうやら汚されたのは、一番右の部屋を使っているクラリアーナと、右から三番目の部屋を使っているベリンダ・サマーニ侯爵令嬢とのことだった。

ベリンダとは話した記憶がないが、ダーナによると控えめな性格で、庭が汚されてもさほど騒ぎ立てなかったそうだ。しかしベリンダの親族で妃候補の一人でもあるミレーユ・フォレス伯爵令嬢がひどく憤って、ベリンダの部屋の前で騒ぐミレーユにクラリアーナが注意をして喧《けん》嘩《か》になったのだとか。

ダーナとドロレスが言うには、クラリアーナはどの妃候補に対してもあたりが強いので、誰かを怒らせるのは日常茶飯事らしい。

(泥を運ぶのってとっても大変だと思うのよねー)

妃候補の庭の惨状は見ていないのでわからないが、礼拝堂を埋め尽くすほどの泥を運ぶとなると相当な重労働である。以前、修道院の近くの用水路の掃除を手伝ったことがあるが、底の泥の撤去は本当に重たくて大変だった。あれだけの泥を一人で運ぶのは無理だと思うのだ。

(となると犯人は複数いるってことになるのかしら？　それに、泥はどこから運んできたのかしらね？)

エルシーはふと手を止めて考え込む。

王宮の周辺事情を全部知っているわけではないが、貴族令嬢が暮らす王宮の周囲に泥なんてないはずだ。すると外部から運んできたと考えられるが、わざわざ礼拝堂や妃候補の部屋の庭を汚すために泥を運んでくるだろうか？

「むー、ますますわからない」

外部から誰かが入り込んだとして、その人たちは何がしたかったのだろうか。

（泥棒？　でも何も取られてないわよね？）

礼拝堂にあるめぼしいものといえばグランダシル神の像くらいしかない。けれど外に運び出されていなかったし、泥棒のために泥を運んでくる理由はない。

「わかんないわー」

「お妃様、さっきから何を一人でぶつぶつおっしゃっているんですか？」

ドロレスが長椅子を拭く手を止めて顔を上げた。

ダーナは外の壁を掃除してくれている。

「ねえ、ドロレス、犯人はどうして泥なんて重たいものを運んできたのかしら？」

「さあ、わたくしにはなんとも……」

「じゃあ、どこから泥を運んできたと思う？」

「城壁の外に水路が通っているので、そこから運んできたのではないですか？」

「お城の外に水路が通ってるの？」

「ええ。川からの水を運び込むものと、使用ずみの水を流すためのものと、二つ通っていますわよ」

これで泥の出所は判明した。持つべきものはドロレスである。

「でも、外から泥を運んでくるのは、やっぱり重労働よね？　どうして犯人はそこまでして泥で礼拝堂を汚したかったのかしら？」

「そうですわね。……単純に考えるのなら、嫌がらせでしょうか」

「嫌がらせ？」

「少なくとも、お妃様は礼拝堂が汚されていて不快な気持ちになりましたでしょう？」

「もちろん」

不快だったし、とても悲しかった。

エルシーが頷くと、ドロレスは長椅子を拭く作業を再開しながら続けた。

「犯人の目的がそうとは限りませんが、お妃様を不快にすることが目的ならば、その目的は充分に達成されたでしょう」

「わたくしに嫌がらせをするためだけにグランダシル様のお家を汚したの!?」

「あくまで推測ですけど、ほかに考えられますか？」

（言われてみれば、確かに……。でも、ということはわたくし、誰かに嫌われているのかしら……？）

嫌われていなければ嫌がらせなどされないだろう。エルシーはショックを受けて作業の手を止めた。

（わたくし……気づかないうちに誰かに嫌われるようなことをしてしまったのかしら？）

エルシーが立ち尽くしたままでいると、外の壁を掃除していたダーナがやってきた。

「お妃様、外は終わりましたわ。ドロレスは？」

「ええ、わたくしも終わりましたわ」

掃除が終わったらグランダシル神に祈りを捧げて部屋に戻るのが日課なので、掃除道具を片付けると、三人そろって最前列の長椅子に腰を掛けて指を組む。

そしてそのあと部屋に戻って掃除や洗濯をするのだが、今日のエルシーはすぐには立ち上がれなかった。

「二人とも先に戻っていてくれるかしら？　わたくしはもう少しお祈りしてから戻るわ」

どこの誰かは知らないが、エルシーはきっと誰かを不快にしてしまったのだ。だからグランダシル神に懺悔《ざんげ》したい。

礼拝堂とエルシーの部屋は目と鼻の先にあるので、ダーナとドロレスはエルシーを一人にしても問題ないと判断したようで、早く戻ってくださいねと言って礼拝堂から出て行った。

エルシーは改めてグランダシル像を見上げると、ぎゅっと両手を組んで握りしめた。

「グランダシル様……わたくし、誰かに嫌われてしまったみたいです。よくシスターたちに能天気とか猪突猛進と注意されていましたから、きっとそのせいですよね。直さないといけないとわかっているのになかなか直らなくて……、そのせいでグランダシル様のお部屋を汚されてしまって、本当にごめんなさい」

グランダシル像は精悍な顔でただ静かにエルシーを見下ろしている。

グランダシル神は天上に住んでいて、彼の尊い声はエルシーの凡庸な耳では聞き取ることはできない。けれどエルシーは子供のころから、グランダシル像の静かな双眸《そうぼう》を見ているだけで心が落ち着いた。

「でも、やっぱり人に嫌がらせをするのはダメだと思うんです。だから犯人を捜して反省してもらって、わたくしも謝ろうと思います」

誠心誠意謝れば、きっと犯人もわかってくれて、二度と礼拝堂を汚したりしないはずだ。

満足するまでグランダシル神に祈りを捧げて、エルシーが礼拝堂から外に出たとき、ふと、こちらに赤毛の少女が歩いてくるのが見えた。

(あれは、アイネ様だわ)

アイネは左から三番目の部屋に住んでいる。

「おはようございます、アイネ様。お祈りですか?」

エルシーが笑顔を浮かべると、アイネはエルシーのそばまで歩いてきてにこりと笑った。

「ええ。たまにはセアラ様を見習おうと思いまして」

「まあ! ぜひ! この時間はステンドグラスから淡い光が差し込んでいて、すごく幻想的なんですよ!」

「そうなんですか? それは楽しみだわ」

アイネはくすくすと笑い声を上げて、それから素早く周囲を見渡すと、声を落とした。

「わたくし実は、セアラ様にお話ししたいことがございますの。ここでは誰が聞いているかわかりませんから、よかったら礼拝堂の中でお話を聞いてくださいます？」

「もちろんかまいませんわ」

これまで妃候補たちとはほとんど関わりがなかったが、昨日はイレイズと仲良くなれたし、今日はアイネが話しかけてくれた。いっきに友達が増えたようで嬉しい。

礼拝堂の中に入ると、アイネは「確かに美しいですわね」と上を見上げる。

「ここが汚されたのでしょう？　わたくし、お茶会で聞くまで知りませんでしたけど……ひどいことをするのね」

そう言って、アイネは礼拝堂の最前列に座る。

エルシーがアイネの隣に座ると、彼女はグランダシル像を見上げて、少し言いにくそうに口を開いた。

「お茶会のときから気になっていたのですけど……わたくし、ここを汚した犯人がわかったかもしれませんわ」

「え⁉」

エルシーは跳び上がらんばかりに驚いた。

「本当ですか⁉」

「ええ。本人に確かめたわけではありませんけれど……」

「誰ですか⁉」

エルシーが散々考えてもわからなかったのに、アイネはなんて賢いのだろう。

感動してキラキラと瞳を輝かせてアイネを見つめれば、彼女はいくらかたじろいだように後ろに身を引いた。

「ク、クラリアーナ様だと、思いますわ」

「クラリアーナ様、ですか？」

エルシーはクラリアーナの顔を思い出して首をひねった。

（でも、クラリアーナ様は礼拝堂が綺麗になってよかったねって言ってくださったわ）

エルシーはクラリアーナが犯人だとは思えなかったが、アイネはおっとりと頬に手を当てて続けた。

「セアラ様、お茶会のときを思い出してくださいませ。わたくしもイレイズ様も礼拝堂が汚されたことをお茶会で聞かされるまで知りませんでしたわ。それなのに、礼拝堂から一番遠いお部屋を使っていらっしゃるクラリアーナ様が、どうしてそれをご存じですの？　おかしいと思いませんでした？」

「おかしいでしょうか？」

「おかしいでしょう!?」

「でも……わたくしは、クラリアーナ様が礼拝堂に向かわれるのを見たことがありますし、足を運んでいらっしゃるなら知っていてもおかしくないのではないでしょうか」

「それですわ！」

アイネはぴっと人差し指を立てた。

「それこそクラリアーナ様が犯人という証拠ではございませんこと？」

（なんで？）

アイネの中で何かがつながったようだが、エルシーはさっぱりわからなかった。

「クラリアーナ様は礼拝堂の周りをうろうろされていたんでしょう？　きっと、どうやって汚そうか考えていたのですわ！」

そうだろうか。エルシーはまだしっくりこなかったが、アイネは自分の推理に酔ったのか、やや早口になった。

「きっとクラリアーナ様はセアラ様のことを邪魔に思っているのですわ。いいえ、違いますわね。あの方は妃候補全員を邪魔に思っているのです。あの方は自分が陛下に選ばれて当然だと思っていらっしゃるから、ほかの妃候補をここから追い出したいのですわ！　だからセアラ様への嫌がらせに礼拝堂を汚したんです。ほら、ベリンダ様のお部屋のお庭も汚されたのでしょう？　それもクラリアーナ様だわ」

「クラリアーナ様のお部屋のお庭も汚されたって聞きましたけど」

「それはあれですわ。自作自演です。自分に疑いがかからないように、わざとご自身のお部屋のお庭を汚したんですわ！」

「なるほど」

エルシーはとりあえず頷いてみたが、やっぱり腑《ふ》に落ちない。

(話の筋は通ってる気もするけど、何か違う気がするのよね)

だが、何が違うのかと訊かれても答えは用意できない。漠然とクラリアーナは違う気がするな、程度の勘のようなものだ。エルシーは子供たちより計算が遅いくらいの頭の出来なので、アイネを理路整然と論破する力はないのである。

(自作自演で自分の庭を汚すかしら？　泥だから嫌な臭いもするでしょうし、落とすのも大変だし、何よりあの方、胸とお尻は大きいけど腕はすっごく細かったもの。あんな折れそうな腕で、バケツで泥運びなんてきっとできないわ)

ちなみに腰もすごく細かった。きっとああいうのをナイスバディと呼ぶのだろう。エルシーは意味もなく自分のお腹のあたりを触ってみる。修道院では粗食だったせいか、エルシーも腰は細いが、胸もお尻もたいしたことはないので、クラリアーナのような迫力にはならない。

「とにかく、セアラ様。クラリアーナ様にはどうぞお気をつけくださいませ。セアラ様、お茶会で陛下のお心に留まったようですもの。きっとまた嫌がらせをされますわ」

「お心に留まった？」

はて、お茶会でそんな展開あっただろうか。

(っていうか、国王陛下と何を話したのかも覚えてないのよね。陛下がいらっしゃったときの

ことは、クラリアーナ様が礼拝堂が綺麗になってよかったねって言ってくださったこと以外覚えてないわ）

だからきっと、フランシスとはたいした会話はしていないはずだ。アイネの勘違いだろう。

アイネは少し焦《じ》れたようにエルシーに顔を近づけた。

「だって、お茶会でセアラ様、陛下からお名前を訊ねられたでしょう？」

「名前を訊かれただけですよ!?」

「それがすごいことなんですよ！　あのお茶会で陛下がお名前をお訊ねになったのは、セアラ様だけですもの！　陛下は女性にあまり興味をお持ちにならない方で、女性に名前を訊ねられることなんてほとんどないことなんですよ」

「へえ、そうなんですねー」

だからと言って、興味を持ったと結論付けるのは尚早ではなかろうか。人間だれしも、急に妙なことが気になることもあるものだ。エルシーだって近所の牛の名前が無性に知りたくなって、酪農業を営んでいるおじさんに訊きに行ったことがある。あの牛はお腹のところにハートマークに見える模様があって、あるとき何故かどうしても気になったのだ。お茶会の時のフランシスも似たようなものだったのだろう。

「だからきっと、クラリアーナ様はセアラ様が陛下のお気に入りと思われたはずです。セアラ様に嫌がらせをするために、また礼拝堂が汚されるかもしれませんわ。いいんですの？」

「それはよくありませんね」

クラリアーナが犯人かどうかは置いておいて、礼拝堂が汚されるのは困る。

「でしたらどうかセアラ様からクラリアーナ様が怪しいと陛下に奏上なさってくださいませ。陛下がお名前をお訊ねになったセアラ様がおっしゃれば、きっとお話を聞いてくださいますわ。それではわたくしはこれで」

アイネはそれだけ言うと、満足したような顔をして礼拝堂を出て行った。

エルシーは腕を組んでうーんと唸る。

(陛下に言えって言われても、クラリアーナ様が犯人だとはやっぱり思えないし……でも、礼拝堂が汚されるのは嫌だわ)

犯人捜しもしなければならないが、ここは礼拝堂を守る方が重大ではなかろうか。

(シスターを目指す者として、礼拝堂を守る使命があるものね！)

二度とグランダシル神の住まいを荒らされてなるものか。

「そうと決まればさっそく準備しなくっちゃ！」

エルシーは勢いよく立ち上がると、礼拝堂から飛び出して行こうとして、ふと思い出したようにグランダシル神の像を振り返った。

「そう言えば……、アイネ様ってば、お祈りもせずに出て行かれたわ。急いでいたのかしらね？」

◆

フランシスは少し焦げた便箋を、穴が開くほど見つめていた。

これはセアラ・ケイフォードから届いた、たった六行の手紙だ。手紙というよりは、礼拝堂の掃除の手配をしたことに対するお礼状のようなものだったけれど。

(……似ていたな)

手紙を何度も読み返しながら、フランシスは一昨日の茶会の席で見た「セアラ・ケイフォード」の顔を思い出す。

艶やかな銀色の髪。サファイアブルーの美しい瞳。小さな顔に絶妙なバランスで配置された、顔のパーツ。派手さはないが、可愛らしくもあり、美しくもあり、ずっと見ていたいと思わせる顔立ち。

その顔は、何故かフランシスの心に焼き付いている、エルシーという名前の少女の顔を思い出させた。

十年前の記憶なので、顔立ちの細かい部分まで覚えているわけではない。だがどうしてか、似ていると思ったのだ。

だから、つい名前を訊ねてしまった。もしかしたらという淡い期待を抱きながら。

しかし帰ってきたのはセアラ・ケイフォードという名前。当然だ。十年前、エルシーは修道院にいたのだ。たとえ彼女が貴族の血を引く娘だったとしても、修道院にいる時点で訳ありに決まっていて、そんな女がフランシスの妃候補に上がるはずがない。

（だが……親戚ということはないか？）

セアラとエルシーは、どこかで血がつながっているのではないだろうか。そう思うと気になってどうしようもなくて、意味もなくセアラの手紙を読み返している。たった六行の手紙にエルシーの手掛かりなどがあろうはずがないのに。

（ケイフォード伯爵領は……例の修道院があったところだな）

十年前にフランシスが一時的に預けられた修道院。確かそれは、ケイフォード伯爵領の端に位置していたはずだ。

どうしてだろう、偶然ではないような気がして胸騒ぎを覚える。

もし――セアラを通じてエルシーに会う機会ができたとして、だから何かがあるわけではない。

子供のころは純粋で可愛らしかったエルシーも、女だ。十六歳になった彼女は、もしかしたらあのころとは打って変わって狡猾な蛇のような女に成長しているかもしれない。そうなればフランシスはエルシーに幻滅するだろう。綺麗なはずの十年前の思い出ですら、色あせて朽ちてしまうかもしれない。

エルシーがエルシーのまま成長していたら――、女が苦手なフランシスも、彼女ならばそばにいても大丈夫だったかもしれない。そんなことを考える自分に自嘲して、フランシスは手紙を封筒の中に収めた。

そして、目の前に積まれている書類の山に手を伸ばしたそのとき、側近のアルヴィンが困った顔をして執務室に入ってきた。

「陛下、お耳にお入れしたいことが」

アルヴィンの後ろからクライドも入ってくる。クライドはアルヴィンとは対照的ににやにや笑いを浮かべていた。

フランシスは怪訝に思った。

「なんだ？」

「いえ、それが……お妃様のことなのですが」

途端に、フランシスは眉を寄せた。

「苦情なら受け付けないぞ」

王宮での待遇の改善を求める苦情の手紙は、相も変わらず毎日のように届いている。手紙の紙は制限させたが、最初によほど大量の紙を支給していたのだろう。没収させればよかった。

いくら手紙を送っても効果がないと思ったのか、一昨日のお茶会のときでは面と向かって、やれ料理人をよこせだの、服や宝石がほしいだのと、いろいろ言われた。うんざりだ。

どうせまたどこかの妃が、食事や服をよこせだの、掃除のためのメイドをよこせだの騒ぎ立ているに違いないと決めつけると、アルヴィンは首を横に振った。

「そうではなく……その……」

アルヴィンがちらりとクライドに視線を向ける。

クライドは笑いながら言った。

「セアラ様が面白いことをはじめるようですよ」

「……セアラ・ケイフォードが？」

エルシーに似ていると思ったからだろうか、普段は女が何をしようと気にしないのに、自分らしくなく過敏に反応してしまった。

セアラと言えば、毎日礼拝堂を掃除している物好きだ。最初はフランシスも、自分の寵を得るための姑息《こそく》な行動だと決めつけていたけれど、茶会のときに「グランダシル様に心地よくお過ごしいただくためです」と言い切ったセアラの目は、嘘を言っているようには見えなかった。

「何をする気なんだ？」

「気になりますか？」

にやにや笑いのクライドに無性に腹が立つ。何故焦らすような真似をするのだろう。

「さっさと話せ」

無駄話に付き合っているほど暇ではないと睨めば、クライドではなくアルヴィンが答えた。

「それが……何故か、礼拝堂に布団を持ち込まれまして……、今日からしばらく、礼拝堂で寝起きしたいと、そうおっしゃっているのだとジョハナが……」

「は？」

フランシスは目を瞬いた。

「なんだって？」

「だから、セアラ様は礼拝堂の中で夜をすごすらしいですよ。一応夜の出入りは禁止されているので、許可申請が出されています。面白そうなので許可していいですか？」

「馬鹿なことを言うな」

礼拝堂を含む王宮の周りには警備の兵を巡回させている。妃候補の部屋の庭や礼拝堂が汚されてからは注意するようにと警備の数も増やしていた。

だから礼拝堂の中ですごしても大きな危険はないだろうが、あそこは建物の造り的にとても冷えるのだ。初夏とはいえ、夜はまだ肌寒く感じられる日もある。礼拝堂の中ならばなおさらだった。

「風邪でも引かれたら面倒だ。やめさせろ」

「そうは言いましても、礼拝堂を守るためだと言って聞く耳を持たないそうで。あの方、普段は聞き分けがいいようなんですけど、礼拝堂が絡むと途端に頑固になるんですよねえ」

礼拝堂愛が半端ないですねとクライドは笑うが、笑い事ではない。

「礼拝堂を守るためとはどういうことだ」

「それがよくわからないんですよね」

「わからないですませるな！」

なんの目的かは知らないが——いや、あの礼拝堂愛が半端ないセアラのことだから真実「礼拝堂を守るため」なのかもしれないけれど、看過できる問題ではなかった。

「たとえ理由を訊いても、やめないと思いますけどね。許可を出さなかったら潜り込むくらいのことはしそうですよ」

クライドの言う通りかもしれないが、彼が妙に面白がっているのが腹が立つ。

（潜り込まれて騒動になるくらいなら許可を出した方がましだが……、そこまでするか？）

あの妃候補の礼拝堂への愛の重さはいかほどなのだろうか。理解に苦しむ。

「セアラ様が何を警戒しているのかはわかりませんけど、コンラッド騎士団長が念のため、礼拝堂の周囲に騎士を数名配置させてほしいって言っていまして……いいですかね？」

「警備についてはかまわん。好きにしろ。……だが」

何故セアラは突然そのような不可思議な行動に出たのだろう。

（気になるな……）

フランシスは机の上に肘をついて、背後の窓を振り返った。

妃候補が王宮に入れられるとき、毎回と言っていいほど問題が起こる。過去には命に関わる問題も起こっていて、どれだけ注意しようとも、それが今回起こらない保証はない。

（……かといって今日は深夜まで予定が詰まっているからな……あいつに声をかけてみるか。セアラ・ケイフォードのことを妙に気にしていたようだしちょうどいい）

フランシスは窓の外の王宮を眺めて、そっと息を吐きだした。

◆

「お妃様、本当にここで眠るんですか？」

祭壇前の蠟燭を二本灯《とも》しただけの薄暗い礼拝堂で、ダーナが何度目になるのかわからないため息をこぼした。

木製のベンチの上にブランケットを準備して、お茶の入ったポットとアップルケーキの詰まった籠を持ったエルシーは、もちろんよと、これまた何度目かわからない頷きを返す。

アイネが言うには、犯人は再び礼拝堂を汚しに来るかもしれないとのことだった。クラリアーナが犯人だと言うアイネの推理にはエルシーはまだ賛同できないが、礼拝堂が汚されるのだけは阻止せねばならない。

「また礼拝堂を汚されたらたまらないもの！　昼間は人の出入りを監視できるけれど、夜はできないでしょ？　だからここで礼拝堂を守るの。許可ももらったわ！」

「だからって、何もここで寝起きしなくとも……。朝早くに様子を見に来ればよろしいではありませんか」

「汚されてからでは遅いのよ。グランダシル様の家はわたくしが守るわ！　あ！　ダーナとドロレスはちゃんとベッドで休まないとダメよ？」

「そう言うわけには……」

「大丈夫よ！　わたくし一人でも立派に礼拝堂を守ってみせるもの！」

ダーナはこめかみを押さえて眉を寄せる。何度も同じ押し問答を繰り返したので、これ以上言っても無駄だと判断したようだ。

「……何かあればすぐに大声を上げてくださいね。騎士団の方が近くで見張りをなさっているそうですから」

「わかったわ」

エルシーは頷いた。本当は騎士団の人たちの手を借りるのは申し訳なかったのだが、そうしなければ許可は出さないとクライドに押し通されたのだ。お礼はアップルケーキでいいと茶目っ気たっぷりに片目をつむられては、エルシーもそれ以上は何も言えなかった。

ダーナが何度も振り返りながら礼拝堂から出て行くと、エルシーは隣の長椅子にポットとアップルケーキの入った籠を置いて、祭壇を振り返る。

ゆらゆらと二本の蠟燭の炎が揺らめく祭壇の上のステンドグラスから、色付きの月明かりが差し込んでいた。今日は満月だ。

薄暗い礼拝堂の中は不気味だとダーナは言ったけれど、エルシーはとても神秘的だと思う。ステンドグラスから差し込む月明かりをずっと見ていたいような気になって、しばらく上を見上げていたエルシーだが、ふわりと入り込んできた隙間風にぶるりと肩を震わせた。

「くしゅん！」

さすがに夜は冷える。

エルシーは長椅子に座るとブランケットにくるまった。そしてまた、ステンドグラスを見上げる。

そうしてしばらくぼーっと揺れる蠟燭の灯《あか》りとステンドグラスから差し込む月明かりを眺めていたときだった。

ぎいっと、静まり返った礼拝堂の中に扉が開く音が響いて、エルシーはハッとした。

長椅子の下に隠していた掃除用の竹ぼうきを取り出して、ぎゅっとかまえて振り返る。

誰だろうと目を凝らしたエルシーは、礼拝堂の入口に一人の人間を見つけた。フード付きの外套《がいとう》を羽織っている。……見るからに怪しい。

「誰!?」

エルシーが竹ぼうきを構えて立ち上がると、「あら、まあ」とどこか楽しそうな声がした。

「そんなものを持って、はしたないですわよ」

「クラリアーナ様!?」

細い指でフードを払ったクラリアーナは、夜だというのに鮮やかな金髪をきつく巻いている。

アイネの推理を聞いたあとだからか、エルシーは緊張で体が強張《こわば》った。

(犯人はクラリアーナ様じゃないと思うけど、でも、こんな時間にどうして……)

クラリアーナは礼拝堂の入口から泰然と歩いてくる。そしてグランダシル像の前で止まると、わずかに顎を引いて目を閉じた。

揺れる蠟燭の炎が、クラリアーナの穏やかな横顔を照らしている。

(……あ)

時間にして数秒だろうか。けれどその短い動作にエルシーはハッとする。

(やっぱり違う)

クラリアーナは礼拝堂を汚した犯人じゃない。

もし彼女が礼拝堂を汚した犯人ならば、これほどまで綺麗な横顔で、どうしてグランダシル像に祈りを捧げることができるだろう。

しかも、クラリアーナはフードを脱いだ。神様の前では帽子やフードを被《かぶ》ってはいけない。失礼に当たるからだ。それを自然と行ったクラリアーナは、グランダシル神に対して敬愛を抱いているはずだ。

グランダシル像に祈りを捧げ終わったクラリアーナはエルシーに向きなおり、それからあきれ顔をした。

「いつまで竹ぼうきを握りしめているおつもりですの？」

「あ……」

エルシーは恥ずかしくなって竹ぼうきを背後に隠した。

「まさかそんなもので応戦する気でしたの？　もし犯人が大きな男だったらどうしますの？　それで太刀打ちできまして？」

「た、竹ぼうきって、結構痛いんですよ？」

「痛い痛くないの問題ではありませんわ。……はじめてお会いしたときも思ったけれど、あなたってどうしてこう……なんなのかしら？」

エルシーがきょとんと首をひねると、クラリアーナがじろりと睨みつけてくる。

「なんですのその顔！　わかっていますの？　わたくしはあのときあなたに厭味を言ったのよ？　それなのにドレスの作り方を教えてほしいとか……理解に苦しみますわ！」

「ドレス！　作り方を教えてくださるためにここにいらしてくれたんですか!?」

「違いますわ!!　だからどうしてそうなるのかしら……」

クラリアーナは疲れたように額を押さえて、エルシーの隣に腰を下ろした。

「あなたのことがさっぱりわかりませんわ。最初はフランシス様の寵を得るためにずいぶんと姑息なことをすると思っていたのに、ただ掃除したいから掃除しているだけとか意味がわかりませんもの。しかもお茶会の席では全然フランシス様に興味を示さないし……。あなた妃候補でしょう？　フランシス様に興味はないの？」

正直に吐露していいなら、興味はない。

しかしこれを言うと、のちのち本物の妃候補であるセアラが困ることになるので、エルシーは困った顔で微笑むしかできなかった。

クラリアーナははーっと大きなため息をついた。

「まあいいですわ。礼拝堂やそのほかの件について、あなたはシロでしょうからね」

「シロ？　……今日は緑ですよ？」

今日は白い服を着ていないけれど、とエルシーが思わずワンピースを確かめると、クラリアーナがこめかみを押さえた。

「犯人ではないという意味ですけど……ああ、もう！　無理ですわ！」

クラリアーナは叫ぶと、突然腹を抱えて笑い出した。

「もう！　ずっと我慢していたのに！　なんなのかしら？　わたくし、十七年生きてきてあなたみたいな変なご令嬢に会ったのははじめてでしてよ！」

さっきまでツンツンしていたクラリアーナの雰囲気ががらりと変わって、エルシーは目を白黒させた。

(変？　え？　わたくし変だった!?)

これはまずい。セアラと入れ替わるまで無難に「お姫様」を演じなくてはいけなかったのに、エルシーは変だったらしい。

（あああ、まずいわ。失敗したら修道院への寄付が打ち切られちゃう！）

今からでも軌道修正可能だろうか。しかしどう軌道修正したらいいのかもわからない。

おろおろしていると、クラリアーナが目尻に浮かんだ涙を指先で払いながら言った。

「一年間嫌われ役に徹することは納得していましたし諦めていましたけど、セアラ様には無理そうだわ。竹ぼうきなんて……、もう！　あなたが竹ぼうきを握りしめているのを見た瞬間吹き出しそうになりましたのよ。堪《こら》えるのが本当つらかったわ！」

「嫌われ役？」

エルシーは背中に隠していた竹ぼうきを長椅子の下に隠し直して、クラリアーナの隣に座りなおす。

「フランシス様との約束なのよ。わたくしは一年間、妃候補たちを監視し、敵対するふりをして揺さぶりをかけて、彼女たちの性格や行動などを分析してフランシス様に提出するの。しきたりだから妃候補たちの中からご正妃様を選ばなくてはいけないのに、あの方、王宮に出向いて自分で確かめるのは嫌らしくて。だからわたくしが代わりに調べることになったんですわ。その代わり、一年後わたくしを正妃には選ばないって約束で。あの方のことは友人として好きですけど、妻になるのも、ましてや正妃なんて面倒そうな立場になるのも願い下げだもの」

エルシーはびっくりして目を丸くした。

「そ、そんな重要なこと、わたくしに教えてよかったんですか？」

「ええ。わたくし、これでも人間観察は得意なのよ。あなたのことは信頼できますもの。……それに、約束とはいえ、味方が一人もいない状況なのは精神的に堪《こた》えるのよ。一人くらいおしゃべりに付き合ってくれるお友達が欲しいわ」

お友達！

エルシーはぱっと顔を輝かせた。

「わたくしもお友達ほしいです！」

「あら嬉しい」

クラリアーナは穏やかな顔で微笑んだ。

そのとき、ギイと礼拝堂の扉の蝶番《ちょうつがい》が軋《きし》む音がして、エルシーは咄嗟《とっさ》に長椅子の下から竹ぼうきを取り出して両手で構える。

クラリアーナが礼拝堂の入口を振り返って苦笑した。

「あら、やっと会議が終わりましたの？　楽しくおしゃべりしていましたし、別に来なくてもよかったのですけど」

「そう言うな」

礼拝堂の中に入ってきたのは背の高い男だった。

薄暗闇の中に浮かび上がるのは、エメラルド色の二つの瞳。

姿を隠すための外套を取り払った彼の顔を見て、エルシーは息を呑んだ。

(フランシス国王陛下!?)

いくら国王に興味のないエルシーでも、一昨日見たばかりの男の顔は覚えている。

「仲良くなったようで何よりだな」

「ええ。おかげでたくさんおしゃべりできましたわ。……それでは、陛下がいらしたことですし、わたくしは退散いたしましょうか。お邪魔でしょ?」

「妙な勘繰りをするな」

フランシスはムッと眉を寄せてこちらへ歩いてくると、エルシーたちが座っていた後ろの長椅子に腰を下ろした。

クラリアーナが、竹ぼうきを握りしめたまま茫然としているエルシーに向かって艶然と微笑む。

「それではセアラ様、わたくしは失礼しますわね。……そうそう、ドレスの作り方ですけど、今度教えて差し上げてよ。ドレスを褒めてくださって、本当はとても嬉しかったの」

じゃあね、と小さく手を振って、クラリアーナが礼拝堂をあとにする。

ドレスの作り方を教えてくれると聞いて嬉しくなったエルシーが笑顔で大きく手を振り返していると、長椅子の背もたれに肘をついたフランシスが、じっとりとした目をこちらへ向けていた。

「その竹ぼうきはまさか武器のつもりなのか？　そんなもので応戦する気だったのか？　もし犯人が男だったらどうする気なんだ」

さすがクラリアーナとはとこの関係だけある。フランシスはクラリアーナと同じことを言った。

エルシーが慌てて竹ぼうきを長椅子の下に隠すが、あとの祭りだ。

「礼拝堂で夜通し見張りをして、本当に犯人が現れたらどうするんだ？　その細腕ではできることも限られるだろう」

「たとえ犯人が大男だったとしても、礼拝堂を汚す人を許すわけには参りません。どれだけ罪深いことをしたのか、きちんと悔い改めてもらわなくては！」

「そうではなく怪我をしたらどうするんだと訊いているんだ」

「怪我ですか？」

エルシーはきょとんとして、それからぷっと吹き出した。

「大丈夫ですよ！　こう見えて、わたし、意外と強いんですから！」

修道院の裏で飼っている鶏を盗もうと忍び込んだ泥棒をほうきで殴って捕まえたことだってあるのだ。あのときは近くの町の警備隊から感謝状を贈られた。カリスタは「なんて危ないことを」とあきれていたけれど、エルシーは怪我をしなかったし、大事な鶏も守れた。

エルシーが修道院で暮らしていたことは内緒なので過去の武勇伝は語れないが、自信満々に胸を張れば、何故かフランシスに嘆息された。

「なんの冗談だ」

「冗談ではなく大真面目です。そんなことより陛下はどうしてこちらへ？」

「心配してやったのに『そんなこと』か……」

フランシスは小声でつぶやいてムッと眉を寄せた。

「妃候補が馬鹿なことをしていると報告を受けたから様子を見に来たんだ。今日は夜まで会議があったから遅くなったが、お前たちが王宮で生活する一年間を安全にすごさせるのも私の務めだからな」

自分たちで掃除や洗濯や料理など、何もかもをしろと無茶な命令を出しておきながら、妃候補の安全には気を配っているらしい。冷徹な人なのかと思ったが、根は優しいのかもしれない。

エルシーが座りなおすと、フランシスはエルシーが座っている長椅子の背もたれに両肘をついて身を乗り出すようにして訊ねてきた。

「お前は何故そうまでして礼拝堂を守りたいんだ？」

「何故と言われましても……」

礼拝堂はエルシーにとってかけがえのない場所だ。それがどこに存在する礼拝堂であっても、グランダシル神を祀《まつ》っている場所であるならば、「神様のお嫁さん」を志すエルシーにとって守るべき場所なのである。

いや、たとえ「神様のお嫁さん」にならなかったとしても、子供のころから毎日祈りを捧げたグランダシル神の住まいを守っただろう。

「……神様は貴族も平民も孤児も関係なく、平等に愛してくださるもの。神様が愛してくださる限り、わたくしたちは生きていていいんです、と……、わたくしはそう教えられて育ちました。わたくしが今あるのはグランダシル様と、そう教えてくださった方のおかげです。だから、わたくしは何があろうとも、たとえこの身が傷つこうとも、礼拝堂を守ります」

今でこそ平気なエルシーだが、捨てられたばかりの子供のころは情緒不安定になって、どうして父も母も会いに来てくれないのだろうかと毎日のように泣いていた。

そんなエルシーを抱きしめて、カリスタが礼拝堂のグランダシル様の像を指さしながら、「あなたのことはあそこにいらっしゃる神様が愛してくださっているのですよ。だから生きているのです」と何度も諭してくれたことを覚えている。

いつしかエルシーは、淋しいとき、悲しいときには礼拝堂のグランダシル神に祈る癖がついた。楽しいときにも嬉しいときにも、愛してくださってありがとうございますと神に祈った。そうして生きてきたエルシーにとって、礼拝堂はもう一つの家なのだ。

エルシーが真顔で答えると、フランシスがハッと息を呑んだ。

そして、信じられないものを見る目でエルシーを見つめて、彼はかすれた声でつぶやいた。

「…………エルシー？」

犯人の目的

――神様が愛してくださる限り、わたくしたちは生きていていいんです。

セアラ・ケイフォードの口からその言葉が出たとき、フランシスは思わず息を呑んだ。

――大丈夫、神様が愛してくれるから、わたしもフランお兄ちゃんも生きていてもいいんだよ。

ふと、十年前に大きな目にいっぱいの涙をためて言ったエルシーの姿と、セアラ・ケイフォードの姿が重なって見えたからだ。

何故かはわからなかった。だが気が付いた時には「エルシー？」とセアラに向かってそう呼びかけてしまっていた。

自分でも驚くほどにかすれた声だったから、セアラは聞き逃すか怪訝に思うかのどちらかだろうと思ったのに、彼女は驚いたように目を見開いて硬直した。

「……どうして……」

その返答は、あきらかにおかしかった。

確信したわけではなかったが、セアラが「エルシー」という名前を知っているかもしれないと気づいたフランシスは、もう一度、今度ははっきりとその名前をくり返してみることにした。

「エルシー？」

すると、セアラは狼狽えたように視線を彷徨《さまよ》わせはじめた。

そして、フランシスから身を守るかのようにブランケットを胸の前で握りしめて、小声で言う。

「……どうして、わたしがエルシーだって知っているんですか？」

これにはフランシスの方が愕然とした。

フランシスはただ、セアラがエルシーを知っているのではないかと思っただけだった。それなのに、そんな、まさか——

「エルシー？」

三度目の呼びかけに、セアラは——いや、エルシーは、弱々しい声で「はい」と頷いた。

フランシスは思わず立ち上がった。

「エルシー？　何故お前がここにいるんだ？」

つい詰問するような声になってしまった。だって本来エルシーはここにはいないはずの存在だ。それなのにどうして「セアラ・ケイフォード」を名乗ってここにいるのだろう。

（まさか、セアラ・ケイフォードが『エルシー』だったのか？）

フランシスと同じように、名前を偽って修道院に預けられていたのだろうか。淡い期待が胸をよぎる。

エルシーはおろおろとして、それから小刻みに首を横に振った。

「な、何故わたくしがエルシーだとわかったのかはわかりませんが、その、このことは誰にも言わないで……ハ！　でも陛下に知られたら、内緒にされても意味がない……？」

エルシーが真っ青になってふるふると震えはじめたので、フランシスは慌てた。

エルシーはどうやら、フランシスが十年前の「フラン」だとは気が付いていない様子だった。それもそうだろう。なにせあの時エルシーは六歳だったのだ。わずか一か月しか一緒にいなかった男の子を覚えているはずがない。あれから十年も経ったのだ。

少し淋しいような気がしたけれど、フランシスだって、エルシーの顔をはっきりと覚えていたわけではなかったのだから、それでエルシーを責めるのは間違っている。

フランシスはこの場で十年前のことを話してしまいたい気になったけれど、ふと意地悪な心が頭をもたげた。あっさり教えるのは癪《しゃく》だ。どうせならエルシー本人に思い出させたい。

(俺も思い出せたんだ。エルシーもきっとそのうち思い出す……と思いたい)

フランシスは十年前に会ったことがあることを内緒にしておくことにした。

「誰にも言わないでいてやってもいい。だが、どうしてここにエルシーがいるのか、説明くらいはしてくれるんだろう？　……もちろん、お前が言わないならケイフォード伯爵に訊ねればすむ話だから、伯爵に確認を取るか、今ここでお前が白状するのかは、選ばせてやる」

「ケイフォード伯爵に確認するのはやめてくださいっ」

エルシーが悲鳴のような声を上げたので、フランシスは「おや？」と思った。エルシーがセアラ・ケイフォードならば、ケイフォード伯爵のことを「お父様」と呼ばないのはおかしい。

エルシーはおろおろしながらも、やがて諦めたように、ぽつりぽつりと事情を話しだした。

「実は……」


「ちょっと待て、ではお前は、セアラ・ケイフォードの双子の姉だと？」

エルシーの話を聞き終えたフランシスは、愕然とした。

ケイフォード伯爵家には娘が一人しかいなかったはずだ。つまり、戸籍からも抹消されて——いや、生まれたときから登録されていなかったことになる。つまり彼らは、二人のうちどちらかを捨てると双子が生まれたときから決めていて、残った方を「セアラ」とするつもりだったということだ。

昔に比べて受け入れられつつあるとはいえ、双子は不吉だという昔の教えは未《いま》だに残っていて、双子が生まれれば秘密裏にどちらかを殺してしまうような家もあるという。

そういう風習が残っていることは知っていたが、フランシスは怒りで目の前が真っ赤に染まるかと思った。

エルシーはつまり「不要」だと切り捨てられたのだ。

十年前、フランシスはとある理由で心に傷を負っていて、ぽつりと「何故生まれてきたのだろうか」とエルシーの前でつぶやいたことがあった。

そのとき、エルシーが先ほどの言葉を言ったのだ。

――大丈夫、神様が愛してくれるから、わたしもフランお兄ちゃんも生きていてもいいんだよ。

エルシーはあのとき、どんな気持ちでそれを言ったのだろうか。

フランシスは怒りで震える手を握りしめた。

「それで……セアラ・ケイフォードの顔の痣が治るまで、お前は身代わりとしてここに入るように命じられた……そういうことなんだな」

「そうです。だから、ちゃんと本物のお妃様候補は次の里帰りの時に来ますから、それまで内密にしておいて……い、いえ、お目こぼしいただけないでしょうか……？」

エルシーは言った。ケイフォード伯爵が修道院の寄付を打ち切らないためにも、セアラの身代わりの仕事は全うしなくてはならないと。つまり、ケイフォード伯爵は実の娘を、修道院の寄付をちらつかせて脅したということだ。

今すぐ城に呼び出して問い詰めてやりたいところだが、それをすればエルシーが困る。

フランシスは大きく息を吐くと、腕を伸ばして、怯えた顔をしているエルシーの頭をポンと撫でた。

「わかった。いいだろう。目こぼししてやる。……だが、一つ交換条件だ」

「こ、交換条件……？」

フランシスはいつだったかクライドが言ったことを覚えていた。ニヤリと笑うと、子供のころのぷっくりした頬を懐かしく思いながら、今の滑らかなエルシーの頬をつついて言う。

「アップルケーキ。……お前が作る、アップルケーキが食べたい」

エルシーは幼いころと同じように、大きな瞳をぱちくりとさせた。

◆

──お前が作る、アップルケーキが食べたい。

そう言った夜から、フランシスは毎晩礼拝堂を訪れるようになった。

(アップルケーキが口止め料なんて……陛下って変わっているわよね？)

そう思いつつ、エルシーはせっせと串切りにしたリンゴをバターと砂糖で炒《いた》め煮《に》にして、アップルケーキの下準備をしている。

カリスタ直伝のアップルケーキは、生地にジャムにしたリンゴを練り込み、上にバターと砂糖で炒めたリンゴを載せて焼き上げるのだ。最後にシナモンをふりかければ完成で、簡単なのに風味豊かでとても美味しいのである。

炒め煮にしたリンゴの粗熱が取れる間に、エルシーは二階に上がってイレイズ用のワンピース製作の続きに取りかかった。

型に合わせて切り、せっせと縫い合わせていく。すると、針を使いながら欠伸《あくび》をかみ殺したエルシーを見て、少し離れたところで刺繍をしていたドロレスが顔を上げた。

「少しお眠りになったらいかがですか？　睡眠がたりていないのでしょう？」

礼拝堂で見張りをすると言っても、朝までずっと起きているわけではない。しかし、やはり何かあったら飛び起きられるようにと神経をとがらせているからか、あまり熟睡できていないようだ。

エルシーは眠気を覚ますようにふるふると首を横に振った。

「大丈夫よ。それにワンピースを早く仕上げてしまいたいの。イレイズ様もお困りでしょうから」

一着は仕上がったのですでにイレイズに渡してある。だが、もちろん一着でたりるはずがない。できるだけ早く作ってあげないと可哀そうだ。

イレイズも彼女の侍女たちも二日に一度くらいのペースで食事の作り方を習いに来ていて、明日の昼に来る予定だった。あとは袖を付けるだけだから、できれば明日、二着目を渡してあげたい。

「ではせめて夕食の支度はわたくしたちにお任せください。お妃様のようにはいきませんが、スープや炒め物くらいならば作れるようになりましたから」

ドロレスが真面目な顔でそう言うので、エルシーは任せることにした。

イレイズと侍女たちに料理を教えているとき、ダーナもドロレスも隣で聞いているからか、料理の腕が少し上がった。以前よりもできることが増えてダーナもドロレスも嬉しそうで、率先してやりたがるから、エルシーはできるだけお願いするようにしている。

ダーナ曰《いわ》く、本来は仕えている「セアラ」を動かさないことが侍女の仕事なのだそうだ。彼女たちのプライドを傷つけるわけにはいかないから、できることは任せた方がいいだろうと思いなおしたのである。

作りかけのワンピースに袖を縫い付けたところで、ダーナがハーブティーを持ってやってきた。休憩するように言われたので、エルシーは手を止めてダーナが持ってきてくれたハーブティーに口をつける。

「いい香りね」

「カモミールです。それを飲んだら、少しだけでも横になってください」

ダーナにまでそう言われれば、これ以上断れそうもなかった。エルシーは素直に頷いて、カモミールティーを飲み干すと、隣の寝室へ向かう。

枕を干したばかりなので、お日様の香りがする。

ころんと横になると、自分が思っていた以上に体が休憩を求めていたようで、すーっと吸い込まれるように眠りに誘われる。

（夕方にはアップルケーキを焼かないと……）

フランシスはよほどアップルケーキが好きなのか、毎晩嬉しそうに持って行ったケーキを平らげる。

あれはエルシーが身代わりであることを黙っておいてもらうための口止め料だから、今日も忘れずに持って行かなければ。

（……アップルケーキ…………）

眠りに落ちる直前、ふと、アップルケーキを頬張るフランシスの顔が、誰かの笑顔と重なったような気がしたけれど、そのわずかな違和感の正体に気が付く前に、エルシーは深い眠りの中に落ちて行った。

◆

「それで、お前はいったいいつまで礼拝堂の見張りを続けるつもりなんだ？」

エルシーが礼拝堂の見張りをはじめて五日目。

エルシーの隣に座ったフランシスが、アップルケーキを食べながら訊ねてきた。

通路を挟んで反対側の長椅子にはクラリアーナが座っている。

毎晩ではないが、クラリアーナもエルシーに付き合って夜の礼拝堂に来てくれるようになった。

フランシスの協力者であるクラリアーナには、エルシーの正体も教えてある。クラリアーナには全部を話して味方につけた方が王宮ですごしやすいとフランシスが言ったためだ。クラリアーナはエルシーが修道院育ちと聞き「だからなのね！」と妙な納得の仕方をしたが、エルシーには何が「だから」なのかよくわからなかった。

いつまで、と訊かれてエルシーは首を傾げる。

「礼拝堂を汚した犯人が捕まるか、もう汚されないと確信が持てるまでです」

「……………つまり、確信が持てなかったらずっとここで寝起きするつもりか？」

「はい」

「あら、まあ」

エルシーが当然だと頷くと、フランシスが大げさなため息をついて、クラリアーナがくすくすと笑う。

一つ目のアップルケーキを平らげて、ハンカチで手を拭いたあと、フランシスがエルシーに向かって手を伸ばしてきた。エルシーは思わず後ろに身を引いたけれど、長椅子の背もたれにぶつかってすぐに行き場を失う。

フランシスはエルシーの目元に触れて、覗き込むように顔を近づけてきた。

「目の下に隈《くま》がある。眠れていない証拠だ」

それを言うならフランシスもではないのか。フランシスは毎夜礼拝堂を訪れては、エルシーに付き合って一晩過ごし、明け方空がまだ暗いうちに帰っていく。

エルシーもフランシスも、それぞれ別の長椅子に横になって眠りにはつくけれど、フランシスだってろくに眠れていないのは一緒のはずだ。

そう指摘すれば、フランシスは小さく笑った。

「俺はお前と違って頑丈だからな」

そう言えば、フランシスの一人称が「私」から「俺」に変わったのはいつだっただろうか。……エルシーがセアラではなく「エルシー」だとばれてすぐに言い方が変わった気がする。

クラリアーナも何も言わないので、もしかしたらフランシスは公私で一人称を使い分けているのかもしれない。

(……今更だけど、どうして陛下はわたくしが『エルシー』だってわかったのかしら?)

そもそもエルシーを知っていること自体が謎だった。自分の妃候補のことだから怪しいところがないか調べさせていたのだろうか。

それに、たまに感じる微《かす》かな違和感。何故だろう、フランシスに会ったのは王太后のお茶会のときがはじめてのはずなのに――ずっと昔から知っているような、変な感覚を覚える時がある。

「これは犯人捜しを急がないといけませんわね」

クラリアーナがポットから紅茶を注ぎながら言う。

「夜の礼拝堂でおしゃべりするのも、秘密の会合みたいで楽しいですけど、寝不足はいけませんわ。お肌が荒れますもの」

「お前の方で何か手掛かりはつかんでいないのか？」

「ここのところ、これといった騒ぎは起こっていませんもの。犯人が諦めたのか……それとも、機会をうかがっているのか」

「そもそも犯人の目的はなんなんだ」

「それなのですよねえ……。ただの嫌がらせ……にしては手が込んでいる気もいたしますし」

クラリアーナが指先を顎に当てて首を傾げる。

「クラリアーナ様とベリンダ様のお部屋の庭も汚されたんですよね？」

「まあ、よくご存じね。騒ぎが大きくなると面倒なので周知していなかったはずですのに」

「ダーナたちがお友達の侍女に聞いてきてくれたんです」

「なるほど。人の口には戸は立てられませんものね。……本当にね。あのときは大変でしたのよ。侍女の悲鳴で目覚めたら庭にゴミや泥が散乱していて、臭いもひどいし、さすがに茫然としてしまいましたわ」

「クライドも掃除が大変だったと言っていたな」

なんと、トサカ団長は礼拝堂のみならずクラリアーナの庭の掃除のときも駆り出されたらしい。

(騎士ってなんでも屋なのかしら？　大変ね……)

「壁に落書きまでありましたからね。ただ、わたくしは妃候補たちから嫌われる言動をしていますから、誰かの嫌がらせかしらとは思ったけれど……ベリンダ様の庭まで汚されたのは驚きましたわ」

「ベリンダ・サマーニか。どんな女なんだ？」

「控えめでおとなしい方ですわよ。手ごたえがないというか……厭味を言ってもまったく動じませんし、エルシー様とは違う意味で何を考えているのかわからないから、なんというか、わたくし、あの方は少々苦手ですわ」

「そう言えば、庭が汚されたときも淡々としていたと報告があったな」

「ええ。ただ、あの方の親戚のミレーユ・フォレス様がやかましかったですけどね」

「くくっ、喧嘩になったんだったな」

(そう言えばダーナたちもそんなことを言っていたわね)

エルシーは優雅に紅茶を飲んでいるクラリアーナに視線を向ける。

「嫌われ者にならなくちゃいけないのは、大変ですね」

エルシーがしみじみと言うと、フランシスが妙な顔をした。

「エルシー、勘違いしているようだが、ミレーユの時は、クラリアーナはたぶん本気で喧嘩しているぞ。こいつは敵には情け容赦はかけないからな」

「あら、聞き捨てなりませんわね。わたくし、こんなに心を痛めておりますのに」

「嘘をつけ！　やられたら倍返しがお前のモットーなのは知っているんだぞ」

「まあ、違いますわ。倍返しではなくて十倍返しです」

「……………エルシー、頼むからこれは手本にするな」

「え？　どうしてですか？　クラリアーナ様、すごく素敵なのに！」

「そうですわよ、余計なお世話ですわ。エルシー様とは今度一緒にドレスを作る仲ですのよ」

「ドレス!?」

フランシスはひくりと頬を引きつらせた。

「まさかとは思うが、クラリアーナ！　その露出過多の派手でけばけばしいドレスをエルシーに着せるつもりじゃないだろうな!?」

「失礼な！　いくら国王陛下とはいえ、言っていいことと悪いことがありますわよ？　それに、文句は受け付けませんわよ。与えた布地でドレスを作れと命じたのはフランシス様ですもの。それが嫌ならそんな命令を出さなければよかったではありませんか」

「お前がそんなに派手なものを作るとわかっていたら命令は出さなかった。おかげでブリンクリー公爵から娘のドレスをどうにかしろと苦情の嵐だ！」

「協力する代わりにこのくらいの自由は許してくださってもいいでしょう？　家にいたらお父様がうるさくって、襟の詰まった野暮ったい服ばかり用意されるのですもの。わたくしだって可愛い服が着たいですわ！　ねえ、エルシー様？」

「はい！　クラリアーナ様のドレスはすごく素敵です！」

「エルシー!?」

「ふふん、二対一ですわね。だいたい、男性が女性のドレスをとやかく言うものではございませんわ。モテませんわよ」

「モテなくて結構。むしろ大歓迎だ」

フランシスはエルシーに二つ目のアップルケーキを要求しながら続けた。

「話が脱線したが、犯人の目的はなんなんだ」

「だからなんとも言えないんですわ。わたくしはともかく、ベリンダ様やエルシー様には嫌がらせをされる理由がございませんもの」

「それなんですけど」

エルシーはフランシスにアップルケーキを手渡し、彼のためにポットから紅茶を注ぎながら口を挟んだ。

「わたくしは嫌がらせをされる理由があると思います。お茶会のときに陛下がわたくしの名前を訊ねられたから、陛下がわたくしに興味をお持ちになったと勘違いされてもおかしくないですから」

「……エルシー、それは誰の入れ知恵だ？　そんなこと、絶対にお前では思いつかないだろう」

なんでわかったんだろう。

エルシーは首をひねりながら、「アイネ様です」と答える。

「アイネ・クラージ様ですか。エルシー様、アイネ様とはどこでそのような会話を？」

「礼拝堂です。この前お祈りに来てくださって！　……いえ、お祈りはされませんでしたけど」

そう言えばあれからアイネはお祈りに来ていない。せっかくお祈り仲間ができたと思ったのにしょんぼりだ。

「そう言えばお前、アイネ・クラージに嫌われていたな」

フランシスがクラリアーナに言った。

「それを言うなら、エルシー様以外の妃候補全員に嫌われている自信がありますわ」

「いや、そういう意味ではなく。少し前にアルヴィンから報告があったが、俺への手紙の中にお前を王宮から追放しろと嘆願書が入っていたらしいぞ。その差出人がアイネ・クラージで、理由はお前が妃候補にふさわしくないからだそうだ」

「あらぁ、そうですの」

クラリアーナがにっこりとすごみのある笑顔を浮かべた。どうしてだろう、すごく綺麗な笑顔なのに、背筋のあたりがぞくぞくと寒くなる。

「ずいぶんとこざかしい真似をなさいますわね。わたくし、陰でコソコソする女は好きませんのよ。文句があれば堂々と言いに来ればよろしいのに」

「無理だろう。いろんな意味で。俺もお前と親戚じゃなければ近づきたくない」

フランシスがちらりとクラリアーナの素晴らしい胸の谷間に視線を向けて、ぽそりと「露出にも限度がある」とつぶやいた。隣に座っているエルシーにはばっちり聞こえたが、小さなつぶやきだったので、クラリアーナには聞こえなかったようだ。

(陛下は大きなお胸の人は苦手なのかしら?)

男性は総じて安産型の体形の女性が好きなのだと思っていたが違うらしい。

「でもそうか、それならエルシーも標的に上がるのか」

「そうですけど、礼拝堂が汚されたのはお茶会の前でしょう？　今後はわかりませんけど、あのときは違うと思いますわ」

「そう言えばそうだな。だがそうなると、それ以前からエルシーにいい感情を抱いていない相手がいたということか？　いや、そもそもエルシーに嫌がらせをするのが目的なら、クラリアーナやベリンダ・サマーニのように庭を汚せばよかったのに、どうして礼拝堂だったんだ？まあこれは、お前たちの庭を汚した犯人と礼拝堂を汚した犯人が同一犯だった場合に限るわけだが……方法を変えたのはおかしくないか？」

「エルシー様に対する嫌がらせではなかったのではないですか？」

「ならば、誰に対する嫌がらせだ？」

「さあ？　案外、フランシス様だったりして。妃候補たちに炊事洗濯に裁縫までさせるという無茶な決定をしましたものね？」

フランシスがふい、と視線を逸らしてアップルケーキにかぶりついた。

「そう言えば、お料理や裁縫が苦手なお妃様候補は多いんですよね。イレイズ様も困っていらっしゃいましたし」

エルシーは大丈夫だし、クラリアーナも楽しんでいるようだが、ほかの妃候補たちはフランシスが決めた王宮の生活ルールに参っている。フランシスに対して怒っている人がいてもおかしくない。

「イレイズ？　イレイズ・プーケットともエルシーは親しいのか？」

「はい！　仲良くなりました！」

「クラリアーナ」

「把握していますわ。心配なさらなくても、今のところイレイズ様におかしな動きはありませんわ。エルシー様のところへはお料理を習いに行っているみたいですわよ。あと、エルシー様に服を作っていただいているとか。そうですわよね。エルシー様」

「はい。クラリアーナ様みたいな素敵なドレスは作れませんから、簡単なワンピースですけど、お困りみたいでしたのでお作りさせていただいています！」

「他人の服まで……お人よしだな、お前は」

「他人じゃなくてお友達です」

イレイズからはお友達と言われていないが、エルシーはイレイズと友達になったつもりなので友達と呼んでいいと思う。

能天気なエルシーの笑顔に、フランシスは心配そうな顔をした。

「クラリアーナ、念のため探っておいてくれ」

「ええ。心得ていますわ」

「？」

何を探るのだろうかとエルシーは首を傾げたが、訊ねる前に話題が元に戻る。

「礼拝堂が汚された件については犯人の目的も不明瞭だ。いったん妃候補の庭が汚された件と切り離して考えるか……。クラリアーナ、あれからほかの妃候補の庭が汚されることはあったのか？」

「今のところはありませんわね。フランシス様が警備を厳しくしましたから、犯人も動きにくくなっているのではありませんの？」

「その可能性はあるな」

フランシスは考え込むように視線を落とした。

「仕方ない。警備を手薄にして犯人をおびき寄せてみるか。犯人が捕まるまで、エルシーはいつまでもここに居座りそうだからな……」

「はい！　礼拝堂はわたくしが守ります！」

もちろん犯人が捕まるまで礼拝堂で夜の番をするのはやめない。

拳を握りしめて宣言すると、何故かフランシスとクラリアーナがそろって大きなため息をついた。

◆

「今日もとってもいいお天気ー！　でも雨が少なすぎるわよね。雨が少ないと作物が育たないし、困っちゃうわよね？」

庭に洗濯物を干しながらエルシーがぼやけば、エルシーを手伝っていたダーナが「このあたりは毎年こんな感じですよ」と教えてくれた。

「月末ごろから雨も増えると思います。一日のうちの天気が変わりやすくなる時期ですので」

「あら、じゃあお洗濯物を干すのは気をつけないといけなくなるのね」

「そうですね。夕立とかも増えると思いますから」

「じゃあ、雨が増える前にお布団とかも干しちゃおうかしら」

「それはわたくしとドロレスが対応しますから、お妃様はお洗濯が終わったら仮眠を取ってくださいませ」

寝不足顔を指摘されて、エルシーは思わず目の下に触れた。隈が濃いらしい。

エルシーは気力にも体力にも自信があるが、寝不足は気力や体力ではどうすることもできない。寝不足でふらついて犯人を取り逃がしたなんてことになれば目も当てられないので、ここはダーナの指示に従って休んだ方がいいだろう。

「いいお天気だから、庭でお昼寝しようかしら？」

「それはやめてください」

「でも、布が余っているし、ハンモックとか……」

「ダメです」

お妃様候補は庭でお昼寝してはいけないらしい。

(仕方ないから、二階の窓際でごろごろしましょう。あそこなら日当たりいいし)

昼になれば暑いが、朝方は日向《ひなた》に寝転べばぽかぽかと気持ちがいい。

エルシーはそう決めると、最後のワンピースを干して、洗濯籠を抱えた。

「お妃様、わたくしが」

「大丈夫よ。軽いし、部屋に入るついでだもの」

そう言っても籠を取り上げようとするダーナに笑いながら玄関をくぐろうとしたとき、「セアラ様」と小さな声が聞こえてエルシーは振り返った。

見れば、庭を囲う垣根の奥にアイネの姿があった。赤毛を結い上げて、空色の可愛らしいドレスを着ている。

（そう言えばアイネ様のドレスもクラリアーナ様に負けず劣らず素敵よね）

アイネは毎回違うドレスを着ているが、どれも見事なものだった。アイネも素晴らしい裁縫の腕を持っているのようだ。

（うらやましい……）

エルシーも早く素敵なドレスが作りたい。そしてダーナやドロレスにプレゼントして喜んでもらうのだ。

クラリアーナがドレスの作り方を教えてくれると言ったが、彼女は何やら調べものとやらに忙しいらしくて、もう少し待ってほしいと言われている。エルシーは頼んでいる身なので無理は言えないから、クラリアーナの手があくまで待つしかない。

「おはようございます、アイネ様」

「おはようございます、セアラ様。少しお時間よろしくて？」

エルシーはちらりとダーナを見た。このあと仮眠を取れと言われていたけれど、その前にアイネとお話ししていいだろうか。

「ダーナ、いいかしら？」

「……あとできちんと休んでくださいね」

ダーナが肩をすくめて頷くと、エルシーは「わかったわ！」と元気よく返事をしてぱたぱたとアイネに駆け寄る。

「礼拝堂でお話ししたいのですけど、よろしいかしら？」

「もちろんです！」

礼拝堂ならいつでもウェルカムである。

礼拝堂へ入ると、アイネはまっすぐ最前列の長椅子へ向かった。エルシーもあとを追い、グランダシル像に短い祈りを捧げてから彼女の隣に腰を下ろす。

エルシーが座ると、アイネはやや身を乗り出して、待ちかねたように訊ねた。

「それで、クラリアーナ様の件はどうなりました？」

「クラリアーナ様？」

はて、なんのことだろうか。

エルシーが首をひねると、アイネが焦れたように続ける。

「礼拝堂が汚された件ですわ。陛下はなんと？　きちんとした処罰は下るのですよね？　また汚されたら大変ですもの！」

「その件ですか！」

「どの件だと思いましたの？」

どの件も何も、すっかり忘れていたからどの件も思いつかなかったと言えばきっと怒られそうなので、エルシーは「もちろんその件だと思いましたわ！」とすっとぼける。

（アイネ様はクラリアーナ様を疑っていらっしゃるのよね）

クラリアーナは犯人ではないと説明したいところだが、彼女がフランシスの協力者であることを漏らすわけにはいかない。

（お妃様候補たちに冷たく接するのも、クラリアーナ様のお仕事だから、実はすごく優しい方ですよとも言えないし……）

かといって、アイネを誤解させたままにしておくと、ほかのお妃様候補にクラリアーナが犯人だと言って回ってしまうかもしれない。それはクラリアーナが可哀そうだ。

エルシーは考えて、ポンッと名案を思い付いた。

「その件ですけど、クラリアーナ様が犯人だという証拠がないので、まだ陛下にお伝えしていないんです」

「え……」

「あ、でも大丈夫ですよ！　実はわたくし、礼拝堂で見張っているんです！　怪しい人物を見かけたらすぐに報告できますわ！　だからもしクラリアーナ様が犯人だとわかれば、きちんと陛下にお伝えいたします」

クラリアーナはまず犯人ではないだろうが、こう言えばアイネも納得するはずだ。

「……そう、ですか」

アイネは完全に納得した様子ではなかったが、「証拠が必要ですよね」と小さく頷いてくれた。

「はい。証拠がないと冤罪《えんざい》になってしまうかもしれませんから。そうなったら大変です」

「そうですわね。……ええ、もちろん、わかりますわ」

わかってもらえた！

エルシーがぱあっと顔を輝かせると、アイネは真剣な表情を作った。

「ではもし、クラリアーナ様が犯人だという証拠が出たら、きちんと陛下にお伝えくださいね。……犯人が見つからないと、わたくし、不安で夜も眠れませんわ」

「わかります！　次にもし同じことがと思うと心配ですよね！」

「ええ。そうですの。だから早く……捕まってほしいですわ」

アイネはそう言って、そっと目を伏せた。


仮眠を取ったあと、午後になってエルシーはイレイズを待っていた。

今日、イレイズがワンピースを取りに来ることになっているのだ。

今日渡すワンピースは、イレイズの二人の侍女のものである。水色とライムグリーンで夏らしいワンピースになった。ちなみに多少色の変化は持たせているが、二着とも同じデザインにしている。

(ダーナは寒色系でシンプルなもの、ドロレスは暖色系でふんわり可愛い系が好きなんだけど、イレイズ様の侍女さんたちの好みはまだよくわからないのよね)

そのうち好みを把握したら好みに合わせて作ってあげたいと思うけれど、取り急ぎ、今は急いで作れるデザインにしている。着替えがなくて死活問題らしいからだ。

二時間ほど仮眠を取ってエルシーはすっかり眠気も飛んで元気になったのだが、ダーナとドロレスはまだ心配なのか、仮眠を終えたあとのエルシーに交代で張り付いている。まるで油断していると気を失うとでも思われているようだった。

(夏の肝試し大会のときも徹夜で準備したことがあるし、別に平気なんだけど。……あ、恒例の肝試し大会もあと一か月後くらいね。今年は参加できないけど……)

子供たちを楽しませるため、近所の住人たちとともに毎年開催する肝試し大会では、エルシーは毎回大活躍だった。今年はシーツを被って子供たちを驚かすことができないのかと思うとちょっと残念だ。

ちなみにエルシーは子供のころから驚かせ役だった。何故なら怖いもの知らずのエルシーは、大人が怖がらせようとしても笑うだけで怖がらないからだ。ならばいっそ怖がらせる方へ回れと言われて、ずっとシーツを被って子供たちをびっくりさせる役をしている。

「お妃様、イレイズ様がいらっしゃいましたよ」

ドロレスが呼びに来て、エルシーはワンピースを抱えて階下へ下りた。

二人の侍女を伴ってやってきたイレイズをダイニングへ案内すると、ダーナとドロレスがお茶とお菓子を用意してくれる。

「約束のワンピースです。お仕事しやすいように飾りは入れていませんから、お好みに合わせて刺繍を入れたり、リボンを縫い付けたりしてください。あと、炊事をするときのためにエプロンも作りましたのでどうぞ」

「まあ！」

イレイズの侍女二人はワンピースとエプロンを手に華やいだ声を上げた。侍女も貴族令嬢なので、喜ぶ様子もお姫様という感じだ。可愛い。

(付け焼刃の淑女教育のときに、大口を開けて笑うなとか、嬉しいときにも「やったー！」と叫んではいけないとかいろいろ言われたことを思い出すわ)

教えられてからそれほど期間も開いていないのに、ところどころ忘れている。この二人を参考に、品のいい喜び方というものを覚えようと妙なことを考えていると、ダーナとドロレスが二人の侍女を誘って別室へ移動した。イレイズとエルシーの会話を邪魔しないようにという気遣いだ。

「侍女の服まで、本当にごめんなさいね。わたくしも縫えるようになればいいのですけど、こういうことは苦手で……。何かお返しがしたいけれど、お役に立てることは少なそうね。せめて実家から何か取り寄せられれば、アクセサリーなどをご用意できるのですけど、実家からの差し入れは禁止されていますものね」

「お気になさらず。服を作るのも好きなので！」

シスターたちから落ち着きが足りないと言われるエルシーは、何かしていないと落ち着かない性分だ。することがあるのはむしろ嬉しい。

「でも、お忙しいのでしょう？　目の下に……」

イレイズが遠慮がちに目の下の隈を指摘する。

エルシーは笑った。

「大丈夫ですよ！　ここのところ徹夜続きだったので隈ができただけで、体は元気なので」

「徹夜？　もしかしてわたくしが服を頼んだから……！」

「違います違います！　礼拝堂で夜の番をしているんです！」

「……はい？」

イレイズは目を丸くした。

「礼拝堂で夜の番？　どういうことですの？」

「ええっと、礼拝堂を汚した犯人を捕まえようと思って」

「ええ!?」

イレイズはギョッとして、彼女には珍しく大きな声を出した。

「それはまた、どうして！」

「ある人が、また礼拝堂が汚されるんじゃないかっておっしゃったんです。汚されるのは嫌だから見張りをして、未然に防いで犯人を捕まえようと思って」

イレイズは、今度は唖然となった。今日のイレイズは表情がころころ変わる。

「それで見張り……。なんというか……セアラ様って、誰も考えつかないようなことをなさるのね」

「そうですか？」

過去に修道院で鶏泥棒を待ち伏せしたこともあるし、犯人捕縛には待ち伏せが一番だと思うのだが、誰も思いつかないのだろうか。

「普通は思いつきませんわ。セアラ様が頑張らなくとも、騎士の方が頑張っていますし、そのうち犯人も見つかるのではないでしょうか」

「でも、ほら、クラリアーナ様とベリンダ様のお庭が汚されたと聞きましたし、騎士の方はそちらの捜査の方でも忙しいでしょう？　礼拝堂をまた泥だらけにされるのはちょっと……」

「まあ、お庭を汚されたのはクラリアーナ様とベリンダ様でしたの？」

「らしいです。ダーナとドロレスが侍女仲間に確認してくれました」

「それはまた……。でも、クラリアーナ様はわかるような気がしますけれど、ベリンダ様とは……。あの方、とても穏やかな方ですのに」

この様子では、クラリアーナはイレイズも攻撃したらしい。クラリアーナの名前を口にしたときのイレイズの表情はなんとも言えないものがあった。

(いい人なのになあ。イレイズ様も絶対に仲良くなれると思うのに)

クラリアーナは優しくて素敵な人だと声を大にして言いたいのに、それができないのが悔しい。

もやもやしていると、イレイズがぼそりと、「だったらクラリアーナ様が犯人ではなさそうね」とつぶやいた。

「イレイズ様もクラリアーナ様が怪しいと思っていらっしゃったんですか?」

「も、ということは、ほかにもどなたか?」

「はい。アイネ様が……」

「ああ」

イレイズは合点したように頷いた。

「アイネ様はそうおっしゃってもおかしくないでしょうね。クラリアーナ様に泣かされたそうですから」

「泣かされた?」

「何があったのか詳しくは知らないのですけど、厳しいことをおっしゃられたそうで……泣いているところをわたくしの侍女が見たらしいですわ。アイネ様はなんというか、か弱そうな方ですので、強いお言葉は胸に刺さるのでしょうね」

（なるほど、それでアイネ様はクラリアーナ様をあれほど疑っていらっしゃったのね！）

アイネの推理を聞いた時は見事だとは思ったが、いささか強引だなとも思っていた。これでようやく謎が解けた。アイネはクラリアーナに冷たくされて傷ついていて、だからクラリアーナのことを狐疑的な目で見てしまうのだ。

「ちなみに、イレイズ様がクラリアーナ様を怪しいと思われた理由はあるんですか？」

「確証はありませんでしたけど、セアラ様ほどではなくとも、クラリアーナ様も礼拝堂へ足を運ばれていましたから。ほら、クラリアーナ様のお部屋はわたくしの右側にあるので、礼拝堂へ向かうときはわたくしの部屋の前の道を通りますのよ。侍女を連れてよく礼拝堂の方へ歩いて行くのを見かけましたから」

「なるほど！」

「……白状しますと、本当はセアラ様のことも疑っていましたわ。礼拝堂へ足を運ぶのはセアラ様とクラリアーナ様しか知りませんでしたから。疑ってしまって申し訳ございません」

なんと、エルシーも疑われていたらしい。だが、イレイズの言い分もわかるので、エルシーは笑顔で首を横に振った。

「確かに礼拝堂に通っていたら怪しいですよね！　その観点からは考えていませんでした！さすがです！」

「怒りませんの？」

「どうしてですか？　名推理じゃないですか！　あ、もちろんわたくしもクラリアーナ様も犯人ではありませんよ！　でも、ほかに礼拝堂に通っている人がいたら犯人候補ですよね？」

イレイズはぽかんと口を開けて、それから肩を小刻みに震わせて笑い出した。

「お、面白い方……」

「面白い？」

何か面白いことを言っただろうか。エルシーは真面目な話をしているつもりだったのだが。

「イレイズ様はほかに誰が怪しいと思いますか？」

「え？　……そうですわね」

イレイズはおっとりと頰に手を当てた。

「誰かはわかりませんけれど……、礼拝堂を汚すことで、何かメリットを得る方が怪しいと思いますわ。クラリアーナ様とベリンダ様のお庭を汚したのは嫌がらせだとしても、礼拝堂はよくわかりませんものね。だからきっと、なんらかの目的があったのだと思うのですけど」

「嫌がらせではなくて、目的……？」

てっきり礼拝堂を汚したのはエルシーに対しての嫌がらせだと思っていたし、クラリアーナはフランシスへの嫌がらせではないかと冗談交じりに言っていたが、嫌がらせではなく別の目的があったと考えると見方が変わってくる。

「もちろん、わたくしの勝手な推測ですわよ」

「いえ、ありがとうございます！　考え付きませんでした」

イレイズは苦笑して、優雅にティーカップを口元に近づける。

「その様子ですと、礼拝堂の夜の番はまだ続けられるのね？」

エルシーは笑顔で「もちろんです！」と頷いた。

シスター見習いは神様の敵を許しません

夜。

(犯人の目的かぁ……)

エルシーやフランシスへの嫌がらせでないのなら、犯人はどうして礼拝堂を泥で汚したのだろうか。

エルシーが腕を組んでむーんと唸っていると、礼拝堂の扉が開いてフランシスが入ってきた。今日はクラリアーナと一緒ではない。

祭壇の上に置いている蠟燭の炎の灯りもあるし、ステンドグラス越しに月明かりが差し込んでいて、礼拝堂の中はぼんやりと明るい。

フランシスが当たり前のように隣に座って、難しい顔をしているエルシーを見て不思議そうな表情になった。

「何を考えているんだ?」

「犯人の目的についてです」

「は？」

「犯人がわたくしや陛下への嫌がらせ目的でないなら、どうして礼拝堂を泥まみれにしたのかしらと思いまして。泥を運ぶのってすっごく重労働なんですよ！　なので、きっとそこには崇高な目的があるのではないかと思うんです！」

「……崇高」

フランシスは変な顔をして、額を押さえた。

「エルシー。たぶんお前は頭を使うことは向いていないと思うから、余計なことを考えるのはやめておいた方がいいぞ」

「なんでわかったんですか⁉」

シスターたちからも「エルシーに難しいことを考えさせたらダメよねー」とよく言われている。考えれば考えるほど正解から遠のいていく特技というものがエルシーには備わっているらしい。そんな特技いらない。

「お前は本能型って感じがするからな」

「だからどうしてわかるんですか⁉」

またまたどうしてわかるのだろう。シスターたちも「エルシーは本能の赴くままに生きてる感じよねー」と言っていたのだ。フランシスは超能力者か何かだろうか。

「どうしてお前がそんなに嬉しそうなのかは聞かないでおくが、まあ、妙なことは考えず、あるがまま、現実を見た方がいいんじゃないか」

「つまり直感を信じろってことですね！」

「いや、そうは言っていないんだが……。……いつにも増しておかしいな。寝不足だからか？

エルシー、今日の昼は何時間寝た？」

「二時間たっぷり休みました！」

「よし。寝ろ」

「なんでですか!?」

エルシーは犯人を捕まえるために番をするのだ。途中で少し休むかもしれないが、まだ寝るつもりはない。

フランシスはこれ見よがしなため息をついて、エルシーの目元に手を伸ばした。

「隈が濃くなっている」

「でも元気です」

「お前のそれは空元気と言うやつだ。いいか、エルシー。寝不足は思考を低下させる。その状態でお前がいくら頭を悩ませようとも、絶対にろくな答えは出てこない。時間の無駄だ」

「そんな！」

昼からずっと考えていたのに、全部無駄だったのだろうか。

（確かに答えになりそうなものは一つも出てこなかったけど！）

エルシーがショックを受けると、フランシスがずいと顔を近づけてきた。

息もかかりそうな近い距離でフランシスが指の腹で軽くこするように目の下を撫でるから、エルシーはちょっぴりドキリとしてしまった。近づきすぎだと思うのだが、国王陛下と妃候補の距離はこんなものなのだろうか。グランダシル様が見ているのに困る。

「俺の言うことを聞いて少し寝るんだ。いいな?」

この距離でささやくのは、卑怯《ひきょう》だと思う。急に近くなった距離に驚いたせいか心臓がどきどきうるさくて頷くことしかできない。

フランシスは畳んでおいてあるブランケットに手を伸ばし、そして——

「————!?」

エルシーは息を呑んだ。

フランシスがエルシーの肩に手を回したかと思えば、ぐいっと自分の方に向かって強く引く。

ハッとしたときにはエルシーの体はフランシスの膝に頭を乗せる形で横に引き倒されていた。

エルシーの頭を膝に乗せたフランシスは、広げたブランケットをエルシーの体にかけて、ぽんぽんと頭を撫でる。

「寝ろ」

命令に慣れた声がそう言うけれど、とてもではないがこの体勢で寝られるはずがなかった。

しかし、逃げようにも、フランシスの手のひらがエルシーの額の上に置かれているので逃げ

られない。それどころか、なだめるように頭を撫でられて、どうしてこんなことになっているのだろうかと、エルシーは何度も自問した。……答えは出てこなかったけれど。

フランシスがじっと、綺麗なエメラルド色の瞳で見下ろしてくるから、いたたまれなくなってエルシーはぎゅっと目を閉じる。

目を閉じると、あれだけ眠れるはずがないと思っていたのに、急激に眠気が襲ってきた。

頭を撫でてくれるフランシスの手が温かい。

(なんだか昔……誰かに同じようなことをされた気がするわ……)

あれは、誰だっただろうか。顔も名前も思い出せない。

「おやすみ、エルシー」

——おやすみ、エルシー。

フランシスの声が、顔も名前も思い出せない誰かのものと重なった気がした。

微睡《まどろ》みの中で——白い靄《もや》のかかった夢の中で、誰かが、言う。

——もし僕が父上のあとを継がなくてよくなったら……。

あれは誰だったろうか。

夢の中でエルシーは手を伸ばしたけれど、白い靄の奥にいる誰かには届かない。

——もし僕がただの『——』になったら……、エルシーは僕のお嫁さんになる?

あのときエルシーは、なんて答えただろうか。

エルシーが言った答えにあの男の子は泣きそうにぐしゃりと顔をゆがめて、エルシーをぎゅっと抱きしめた。

——大丈夫だよ。きっと僕が君をそこから出してあげるから……。

ああ、思い出せない。思い出せないけれど、思い出したい気がするけれど——これ以上は、思い出してはいけない気がする。

「エルシー」

フランシスの声が遠くで聞こえる。

「エルシー。……あの時の約束は、必ず果たすよ」

約束？　……フランシスとかわした約束は、口止め料にアップルケーキを焼くことで——それ以外に、何か、あっただろうか？

夢現《ゆめうつつ》でそんなことを考えながら、本格的にエルシーが眠りに落ちかけた、その時だった。

「きゃあああああ!!」

絹を引き裂いたような甲高い悲鳴が聞こえてきて、エルシーは飛び起きた。

「何!?」

咄嗟に長椅子の下に隠しておいた竹ぼうきをつかんで礼拝堂を飛び出して行こうとしたエルシーの腕を、フランシスが摑《つか》んで押しとどめる。

「こら待て！　状況もわからず突っ込んでいこうとするな！」

「でも、ここまで悲鳴が聞こえたってことは、ダーナやドロレスに何かあったかもしれないじゃないですか！」

「そうだとしても侍女を守るために飛び出して行く妃候補がどこにいる！」

（陛下はわたくしが身代わりだって知っているくせに！）

エルシーは地団太を踏みたくなったが、フランシスに確認してくるからおとなしくしろと言われて、渋々頷いた。頷かないと確認が遅れる。

フランシスが礼拝堂から出て行くと、エルシーは竹ぼうきを両手で抱きしめるように抱えて、礼拝堂の中をうろうろと歩き回った。

（大丈夫かしら？　もしダーナたちに何かあったら……。ああっ）

エルシーは竹ぼうきを抱えたままグランダシル像に向きなおる。

「グランダシル様。ダーナとドロレスは無事ですよね？　大丈夫ですよね？」

グランダシル像はもちろん何も言ってくれなかったが、願いが通じたのか、フランシスがクライドを伴って戻ってきた。

フランシスは犯人をおびき寄せるために警備を手薄にすると言ったが、最低限の警備は残していた。その指揮をクライドに任せていたらしい。

「セアラ、出ていいぞ。お前の侍女たちは無事だ。ああ、竹ぼうきは置いていけ」

クライドの前だから、フランシスはエルシーの呼び方を「セアラ」に改めた。

竹ぼうきを持ったまま駆け寄ろうとしたエルシーは、仕方なく入口近くの長椅子の上に竹ぼうきを置く。

「それで、何があったんですか？」

「アイネ・クラージの部屋の庭が荒らされていた。悲鳴は彼女のものだ」

「アイネ様の!?」

アイネは左から三つ目――つまり、エルシーと一つ部屋を挟んだところの部屋に住んでいる。そこから礼拝堂まで悲鳴が届いたのだから、なかなかの声量で叫んだようだ。

フランシスとクライドとともにアイネの元へ向かうと、彼女の部屋の前にはほかの妃候補の侍女だろう女性がちらほらいたけれど、アイネ以外の妃候補たちは誰もいなかった。その中にダーナの姿を見つけてエルシーは駆け寄った。

「ダーナ！　何があったの？」

「それが……」

ダーナは困惑顔で、手に持っていたランタンをアイネの部屋の庭へ向けた。暗くてはっきり見えなかった庭が照らされて、何かが散乱しているのが見える。

「……まあ」

それが何かを確かめたエルシーは目を丸くした。

「お野菜がこんなにたくさん！」

嬉々《きき》としてエルシーが庭の野菜に手を伸ばそうとしたのを、フランシスがやんわりととどめた。

「触るな。現場検証がすんでいない」

「お野菜ですよ？」

「野菜だから平気だと決めつけるな。毒物でも付着していたらどうする」

「お野菜に!?」

なんてもったいないことをするのだろう。

「まだ新鮮で食べられそうなのに」

「…………。……クライド、コンラッドを呼んで早く検証をはじめてくれ。早くしないとこれが何をしでかすかわかったものではない」

「お野菜たちが何かしでかすんですか!?」

「違うお前だ！」

なんだ。月夜に野菜が踊り出すという童話を読んだことがあったので、てっきり現実でも起こるのかと期待したのに。

（うん？　でもわたくしが何かしでかしそうって……あれ？　もしかしてわたくし、陛下に悪戯《いたずら》好きの子供みたいに思われてない？　いくらなんでも悪戯なんてしないわよ！）

せいぜいエルシーが考えることと言えば、この庭の野菜を綺麗に洗って料理するくらいなものだ。子供たちのようにジャガイモでキャッチボールなんてはじめない。

「セアラ、お前がいたら話がまぜっかえされるから少し離れていろ。寝不足で思考がおかしくなっているからな」

邪魔者扱いされてエルシーは口を尖《とが》らせる。

そこでふと、玄関の前に立ち尽くしているアイネの姿を見つけて、エルシーはダーナとともに彼女に近づいた。

「アイネ様、大丈夫ですか？」

「セアラ様！」

アイネはエルシーに抱きつくと、細い肩を小刻みに震わせた。

「誰がこんなひどいことをしたのかしら？　セアラ様、わたくし、怖くて……！」

「陛下もトサ――ん！　クライド副団長もいらっしゃるので、もう大丈夫ですよ」

危うくトサカ団長と言いかけて、エルシーは慌てて言いなおした。

「それに、お野菜ですから！　安全が確認されれば、食べられますよ！」

「……え？」

アイネががばりと顔を上げて、あんぐりと口を開けた。

「食べるですって？　あれを？　土で汚れていますのよ？」

「お野菜は土で育つものですよ？」

何を言っているのだろうとエルシーが首をひねると、ダーナがにこやかに割って入った。

「お妃様。お野菜を食べることから少し離れませんか？　問題は、誰がアイネ様のお庭に野菜をばらまいたのかということだと思いますわ」

「それもそうね」

野菜を食べるのはあと回しだ。

「本当に、誰がお野菜をプレゼントしてくれたのかしら？」

「お妃様、プレゼントではありませんよ」

「そうだったわ」

つい、自分の庭にも野菜がたくさん置かれていたらいいのにと余計なことを考えてしまったせいでうっかりしていた。そう、これはプレゼントではないのだ。たぶん。

「ええっと、誰がこんなひどい？　ことをしたのかしらね？」

ちっともひどいとは思えなかったが、アイネが震えている以上、能天気に野菜を喜んではいけない。

無理やり神妙な顔を作って言うと、アイネがエルシーにぎゅうっとしがみついて言った。

「きっとクラリアーナ様だわ」

「え？」

ここにきて、アイネはまだクラリアーナを疑っているらしい。

「わたくし、前にクラリアーナ様に言われたんですの。あなたみたいな田舎臭い子は、領地に帰ってジャガイモ畑の世話でもしていなさいって。ひどいわ！」

（そう言えば、庭に置かれている野菜はジャガイモが多いわね。でも、ジャガイモ畑の世話の何がひどいのかしら？）

たまにバッタとかが跳ねていて面白いし、ジャガイモ掘りも楽しい。庭でジャガイモを育てていいと言われたら、エルシーは喜んで育てるのに。

それに、クラリアーナにジャガイモ畑の世話をしろと言われたから犯人と決めつけるのは、強引すぎる気がした。

「セアラ、アイネ。庭の野菜には怪しいところはなかったそうだ。だが、念のためにこれらはこちらで処分する。いいな？」

「もったいない！」

つい心の声が口から出てしまった。

フランシスは、はーと息を吐きだした。

「もったいなくともダメなものはダメだ。妃候補の身に何かあっては困る」

（そんな……可哀そうなお野菜たち）

きっと野菜たちも美味しく食べてもらうことを望んでいるはずなのに、捨てられてしまうなんて。

だが、国王陛下の決定だから、従わなければならないだろう。しょんぼりである。

「野菜を片付けたら撤収だ。お前たちはもう戻れ」

フランシスが遠巻きに見ていた侍女たちに告げると、彼女たちは一礼してそれぞれの妃候補の部屋に戻っていく。

「あの、陛下！」

エルシーも礼拝堂に戻ろうとしたその時、アイネがぎゅうっとエルシーの手を握って、意を決したようにフランシスに話しかけた。

「わ、わたくしの庭に、誰がこのようなことをしたのでしょうか……？　わたくし……怖くて……」

「犯人は調べてみないことにはわからん」

「そうですか……」

緊張しているのか、アイネがエルシーの手を握りしめる力が強い。

「犯人はいつ見つかるのでしょうか？　……わたくし、本当に怖いんです」

フランシスはエルシーにしがみついているアイネを一瞥して短いため息をついた。

「怖いのなら部屋の中に入ればいいだろう」

「そういうことでは……」

「じゃあなんだ」

フランシスにじろりと睨まれて、アイネは口をつぐんで俯いた。

（うーん、アイネ様はきっと心細いから誰かにそばにいてほしいんだと思うわ）

しかしフランシスのこの様子では、アイネに寄り添って優しい言葉をかけるとは思えない。かといって、エルシーも礼拝堂の見張りがあるので一晩中アイネについてあげることはできなかった。

エルシーは周囲を見渡して、アイネの侍女二人に目を留めた。

「アイネ様、今日は侍女の方と一緒にお休みになったらいかがでしょうか？　侍女のお二人も不安だと思いますし、みんなで一緒にいたら怖くありませんわ！」

アイネは驚いたように顔を上げて、それからなんとも微妙な顔をした。名案だと思ったのにどうして微妙な顔をされるのかがわからずに戸惑っていると、そばで聞いていたフランシスまで気の抜けたような顔をする。

「……はあ。まあいい。侍女と休もうとどうしようと好きにすればいいだろう。とにかく、犯人捜しはこれからだ。何かわかれば報告させるから、今日は休め。俺ももう行く。セアラも早く戻れよ」

「はい！　おやすみなさい！」

どうせまたあとで礼拝堂で会うことになるが、エルシーはアイネに摑まれていない方の手を振ってフランシスを見送った。

そして、アイネに向きなおってにこりと笑う。

「アイネ様もお休みください。眠ればきっと、気分も落ち着きますよ！」

「……ええ、そうですわね。……ねえセアラ様。わたくしやっぱり、クラリアーナ様が怪しいと思いますの。わたくしの代わりに、陛下にお伝えしてくれないかしら？」

「クラリアーナ様ですか？」

「だって……わたくしに嫌がらせをする方なんて、ほかに思いつきませんもの」

（クラリアーナ様はさっきまでわたくしと一緒にいたし、第一こんなことをする方ではないと思うけれど、それを言うわけにもいかないのよね……）

アイネの誤解は解きたいが、こればかりはエルシーが勝手なことを言うわけにもいかない。

「犯人がクラリアーナ様かどうかも含めて、きっと陛下が調べてくださいますよ」

今のエルシーにはそう励ますことが精一杯だったのだが、アイネは納得してくれたのか、小さな声で一言「そうね」とだけつぶやいた。

◆

「まあ、そんなことがありましたの」

次の日の夜、エルシーは礼拝堂でクラリアーナと昨夜のアイネの庭の件について話をしていた。

フランシスは仕事が忙しいのか、まだ来ていない。

「クラリアーナ様はご存じなかったんですか？」

「ええ。アイネ様のところからわたくしの部屋は離れていますからね、悲鳴は聞こえませんでしたわ。何かあったらしいというのは情報として仕入れていましたけれど、まだ詳細を聞いていませんでしたの。……それにしても、お野菜なんて」

「はい！　捨てられちゃったんです。もったいないですよね？」

「そこで心配するのがお野菜のこととは、エルシー様らしいですわね」

「あ！　もちろんアイネ様のことも心配ですよ？」

今日の昼にアイネの様子を見に行ったが、彼女はまだ憔悴《しょうすい》しきっているようだった。お姫様は、庭に野菜がばらまかれただけですごくショックを受けるらしい。能天気に野菜をプレゼントされてうらやましいと思った昨日の自分を叱咤《しった》したい。

「それで、アイネ様はわたくしを犯人だと疑っていらっしゃるのね」

「そうみたいです。確か……クラリアーナ様にジャガイモ畑のお世話を勧められたから？　らしいですけど」

「ジャガイモ畑の世話？　……ああ！　あれかしら！」

クラリアーナはポンッと手を打った。

「ドレスにケチをつけられて頭にきてしまって、野暮ったいドレスの田舎娘は領地に帰ってジャガイモ畑の世話でもしていなさい……みたいなことを言った覚えはありますわ」

「アイネ様のドレスは素敵ですよ？」

「……エルシー様、突っ込むべきところはそこですか？」

今の話に、ほかに何か気になるポイントはあっただろうか。田舎はとてもいいところだと思うし、ジャガイモ畑の世話も楽しい。

「ええっと、一応これ、痛烈な厭味を言ったつもりですのよ。現にアイネ様は泣いてしまわれて、さすがに言いすぎたかしらと反省しましたもの」

（お姫様はジャガイモ畑の世話を勧められただけで泣いてしまうの⁉）

エルシーはショックを受けた。

（今度庭にジャガイモやサツマイモを植えていいか陛下に訊こうと思ったのに……許可が出ても、ダーナたちと一緒に世話をしようって言ったら泣かせてしまうのかしら？　あ、でもよく考えたら二か月後にはわたくしここにいないから、植えても芋ほりできないんだわ）

セアラへの置き土産にしようにも、お姫様は芋の世話が泣くほど嫌みたいだから喜ばれないだろう。

「でも、そうですか。アイネ様がわたくしが犯人だと……。まあ、実際、あちこちで妃候補たちに厭味を言って回っていますから、気持ちはわからなくもありませんけど」

「クラリアーナ様は犯人ではありませんし、アイネ様もそのうちわかってくださると思いますよ」

「そうかしら？　わたくしが犯人にされるまで言い続けそうな気がしますけど。ま、いくら探したところで証拠なんて出てこないでしょうけどね」

「大丈夫ですよ。イレイズ様も最初はわたしやクラリアーナ様を疑っていらっしゃったみたいですけど、この前、犯人じゃないっておっしゃっていましたし」

「イレイズ・プーケット様ですか」

クラリアーナが紅茶の入ったポットに手を伸ばそうとしたので、エルシーは先回りして彼女のためにカップに紅茶を注いだ。

「イレイズ様、クラリアーナ様のお庭が汚されたのを知らなかったみたいで、それをお伝えしたらクラリアーナ様は犯人じゃないのねって言っていました」

「イレイズ様は真ん中あたりの部屋をお使いですからね。わたくしの部屋からは離れていますし、知らなかったのは頷けますけど……、庭を汚されたから犯人ではないなんて、あの方は意外と甘い考え方をなさるのね」

「そうですか？」

「ええ。わたくしが犯人なら、周囲から疑われないように自分も被害者を装いますもの」

（あ！　そう言えばアイネ様もそんなことを言ってたわ！）

クラリアーナの庭は自作自演だろうとアイネが言っていた。クラリアーナと同じ考え方をするなんて、アイネはなかなか探偵に向いているのかもしれない。

エルシーが小さな感動を覚えたとき、礼拝堂の外から物音が聞こえてきた。

「なにかしら？」

「クラリアーナ様は危ないからここにいてください！」

「ちょ、ちょっとお待ちになって！」

お姫様は守らなくてはならない。

エルシーは竹ぼうきをつかむと、クラリアーナの制止も聞かず猛然と礼拝堂の入口まで駆けて行った。修道服と違ってワンピースは走りやすくていい。

「誰!?」

エルシーは礼拝堂の扉を開け放って叫んだが、そこには誰の姿もなかった。

クラリアーナが祭壇の上に置かれていた燭台《しょくだい》を手にエルシーに追いつくと、礼拝堂の周囲を照らす。

「なんだったのかし――まあ！」

「落書き!!」

燭台の蠟燭の炎に照らされて礼拝堂の壁の様子が見えると、エルシーはさっと表情を強張らせた。

礼拝堂の白い壁には絵の具がべったりとついている。落書きというよりは、絵の具をそのまま流しかけたような跡だった。

「ひどいわ！」

「触ってはいけませんわ！　まだ乾いていないようですから、手や服についてしまいますわよ」

「でも……！」

「なんの騒ぎだ」

背後から声がして振り返れば、フランシスがクライドを伴ってこちらへ歩いてくるところだった。彼は礼拝堂の壁を見て瞠目《どうもく》し、クラリアーナに状況説明を求める。

クラリアーナがかいつまんで説明を終えると、フランシスは眉を寄せた。

「警備は少なくしているからな……兵たちがこの場を去ったあとを狙ったか」

警備の兵士たちは王宮の敷地を巡回している。

「泥を運んでくるのではなく絵の具を使ったあたり、わずかな隙を突いてきたのでしょうね」

「犯人は王宮内の警備状況をよく知っているようだな」

「やはり内部犯でしょうか」

「まだ決めつけるのはよくないが、可能性は上がったな」

「そんなことより、早くお掃除させてください！」

フランシスとクライドが悠長に話をしている間に、エルシーはいてもたってもいられずに口を挟んだ。

「掃除？　何を言っているんだ。さすがにこの時間からは無理だ」

「でも、絵の具は乾いたら落ちにくくなるんですよ！」

「そう言ってもだな……」

「セアラ様、今は水だけかけておきませんか？　水をかけるだけでも、結構落ちると思いますわよ。そして、掃除は明日にしましょう」

「……はい」

クラリアーナにまでそう言われて、エルシーはしおしおと頷いた。

暗い中での掃除は確かに無理がある。悔しいが、我儘《わがまま》はよくないだろう。

井戸から水を汲み上げるのはクライドがしてくれるというので、エルシーは彼が戻ってくるのをおとなしく待つことにした。

クラリアーナから燭台を借りて壁の絵の具を忌々しく睨んでいると、足元で何かがきらりと光ったのが見えた。

(何かしら？)

エルシーがしゃがんで拾い上げると、クラリアーナが目を丸くする。

「あら、わたくしの髪飾りに似ていますわ」

クラリアーナがエルシーの手から銀色の髪飾りを受け取って確かめる。

「本当にわたくしのものみたい。この髪飾り、数日前から見当たらなかったのですけど、ここに落としていたようね」

「なんだ、見つかってよかったな」

「ええ。どこも壊れていないようですし、お気に入りだったのでよかったですわ」

クラリアーナが嬉しそうに微笑んだが、エルシーは不思議に思った。

エルシーはダーナやドロレスとともに毎日礼拝堂の掃除をしている。それは外の壁もだ。クラリアーナの髪飾りはそれほど小さなものではないし、キラキラしているから、入口の扉のそばに落ちていればすぐに気が付いたはずである。

(今朝もその前も気が付かなかったなんて、あるのかしら?)

クラリアーナは数日前に紛失したと言ったから、ここに落としていたのならば、すでにエルシーかダーナたちが見つけているはずだ。礼拝堂の周囲の雑草もこまめに抜いているので、雑草に紛れて見落としていたということもないはずである。

エルシーは小さな引っかかりを覚えたが、考えてもさっぱりわからなかった。

そしてクライドが水を汲んで戻ってきたあとは、髪飾りの謎のことはすっかり忘れて、エルシーは壁の絵の具を洗い流すことに夢中になった。

◆

翌朝、改めて礼拝堂の壁を掃除していると、アイネがやってきた。

長い銀髪をひっつめて一心不乱に壁を雑巾で磨いていたエルシーにアイネは目を丸くして、それからおっとりと首を傾げた。

「まあ、セアラ様……ずいぶんと熱心ですわね。お掃除なら騎士の方にお任せしたらいかが？」

「おはようございます、アイネ様。大丈夫ですわ！　壁のお掃除だけなので、騎士の方々のお手を煩わせるほどではございません」

ダーナとドロレスが壁の掃除を買って出てくれたが、力を入れてごしごしこすらないといけないので、彼女たちの細腕では大変だから礼拝堂の中の掃除をお願いした。

「そうなんですの？　でも、絵の具は落ちにくいのではなくて？」

「落ちにくいですけど、ここの壁はつるつるした石壁なので、板の壁に比べたら掃除がしやすいですよ！　水で濡らしてこうしてごしごししたら落ちるんです。落ちにくかったら、水をぬるま湯にするといいんですよ！」

「まあ、セアラ様はお掃除に詳しいのね」

アイネは微笑んで、ちらりとエルシーの足元に視線を向けた。それから不可解そうに首をひねる。

「……………でも、絵の具なんて……誰がこんなひどいことをしたのかしら？」

「アイネ様もそう思います？　ひどいですよね！　グランダシル様もお怒りですよ！」

「グランダシル様？　あ、え、ええ……そうかもしれないわね」

「でも、こういうのもなんですけど、今回は壁だけでよかったです。室内を汚されたら、お掃除に時間がかかりましたから」

だが、礼拝堂が二回も汚されてしまった。しかも今回は、二度と汚されてなるものかとエルシーが見張っていたにもかかわらず、だ。

（……わたくし、役立たずだわ）

礼拝堂の中が汚されたからと言って、次も中が汚されるとは限らなかったのに。今夜から外も見張ろう。

「それで、セアラ様……犯人はわかりましたの？」

「犯人ですか？　いえ、犯人の姿は目撃できませんでした……」

昨夜、物音を聞いて礼拝堂を飛び出して行ったときにはすでに犯人の姿はなかった。もっと早くに飛び出していれば捕まえることができたかもしれない。

（竹ぼうきを長椅子の下から出す時間が無駄だったわ。今度からすぐに走っていきましょう。大丈夫、腕相撲で負けたことないもの！）

腕相撲が強いのだから腕っぷしも強いはずだと楽観的に考えて、エルシーが無謀にも今後の計画を立てていると、アイネがわずかに眉を寄せた。

「目撃というか……犯人につながりそうなものは何もなかったのでしょうか？　例えば何か怪しいものが落ちていたとか……」

「いえ、特には」

「そんなはずはありませんわ！」

アイネが急に大声を出したので、エルシーはびっくりして思わず雑巾を取り落とした。

エルシーが目を丸くしてアイネを見つめると、彼女は狼狽えたように視線を彷徨わせた。

「え、えええっと、実はわたくしの侍女が、早朝このあたりを散歩したそうで、その時にべったりと絵の具のついた壁の下に髪飾りのようなものを見かけたと申しておりましたから」

（んんん？）

それは妙な話だった。

（壁の絵の具は夜のうちにほとんど洗い流しておいたし、髪飾りもクラリアーナ様が持って帰ったわよね？）

となれば、アイネの侍女は何を見たのだろう。

エルシーは落とした雑巾を拾い上げ、バケツの中で洗いながら答えた。

「確かに髪飾りは落ちていましたけど、それは夜のうちにクラリアーナ様が持って帰りましたよ」

「え!?　どういうことですの？」

エルシーはどうしてアイネが驚いたのだろうと首をひねって、それから「ああ」と合点した。

（そう言えば、アイネ様には礼拝堂で見張りをしているって教えていなかったわね）

クラリアーナのことは秘密なので言わない方がいいだろうが、エルシーが礼拝堂で夜の番をしていることは秘密でもなんでもない。

「えーっと、実はわたくし、ここのところ夜は礼拝堂に寝泊まりしているんです！　それで、昨日物音を聞いて外に出たときに、髪飾りを見つけて……………えー、クラリアーナ様に届けたんですわ」

「だったらクラリアーナ様が犯人ではありませんか！」

「どうしてですか？」

「汚れた壁の近くに、髪飾りが落ちていたんですよね？　それがクラリアーナ様が犯人の証拠ですよ！」

「でも、クラリアーナ様はその髪飾りを数日前になくしたそうですよ？」

「そんなの、クラリアーナ様が誤魔化しているだけですわ！　わたくしやベリンダ様のお部屋の庭も汚されたんですのよ！　もうこれ以上悠長に待っていられませんわ！」

それを言うなら、クラリアーナの部屋の庭も汚されているのだが、アイネはまだクラリアーナが自作自演をしたと思っているのだろうか。

（やたらクラリアーナ様にこだわるわよね？）

アイネはむんずとエルシーの手首を摑んだ。

「セアラ様、急いで女官長にお知らせしましょう！　そして陛下にお取次ぎをお願いしなくては！」

（いやいやいやいやいや！　ちょっと待って！）

まずい。アイネはこのままフランシスに同じ持論を展開しそうな勢いだ。

なんとかして止めなければと思ったエルシーは、ふと妙なことに気が付いた。

（そう言えば、アイネ様はどうしてベリンダ様やクラリアーナ様のお部屋の庭が汚されたって知っていたのかしら？）

アイネよりもクラリアーナの部屋に近いイレイズでさえ、クラリアーナの部屋の庭が汚されたことは知らなかった。それなのにどうしてクラリアーナとベリンダの部屋の庭が汚されたことを知っていたのだろう。

（それに、さっき侍女から礼拝堂の壁に絵の具がついていたと聞いたと言っていたけど……考えてみたら、わたくしも陛下も、明け方まで礼拝堂の中にいたのよね）

エルシーはともかく、フランシスが足音に気づかないとは思えない。

そうなると、エルシーとフランシスが立ち去ってからアイネの侍女が来たということになるが、エルシーは今朝、部屋に戻ったあとすぐに掃除道具を抱えてここに来た。誰かが礼拝堂へ向かえば気づいたはずだし、たぶんすれ違ったと思う。

（あれれ？）

エルシーは頭を使うことは苦手だけれど、これは明らかにおかしい気がする。

（証拠もないのに人を疑うのはダメだけど……）

エルシーの勘が、これは口にしなければいけないと告げていた。

エルシーはアイネに摑まれた手首を見て、それから言った。

「あの……、礼拝堂を汚したの、アイネ様、ですか？」

◆

フランシスが欠伸をかみ殺しながら書類に目を通していると、アルヴィンが新しい書類の束を持ってやってきた。

「少し休まれますか？」

執務机に書類を並べながらアルヴィンが訊ねてきたので、フランシスは指の腹で目頭を押さえつつ答える。

「そうだな……。急ぎのものだけ片付けて仮眠を取る」

さすがに連日徹夜となると、フランシスもそろそろ限界だった。かといって、国王ともなれば徹夜したから朝寝をして許されるほど暇ではない。余暇を見つけて休むようにはしていたが、仮眠のために確保できる時間は三十分がせいぜいで、取り切れない疲労が蓄積しているのを感じていた。

「それではこちらだけご確認ください。クラリアーナ様からの報告書です。急ぎと言付かっています」

「例の件か」

「それもありますが、以前クラリアーナ様の部屋の庭が汚された時に使用されていた絵の具の成分分析の結果も添えてあります」

「はあ？　絵の具の成分分析？　そんなことをしていたのか？」

「城で取り寄せられている絵の具かどうかを調べたかったようですが、詳しいことはこちらに。使用されている顔料の鉱物や油の種類から製造元までわかったようですよ」

「つくづく、あいつは文官に向いているな。女なのが惜しい」

「女性の文官登用の議題を推し進めておきましょうか」

「反対派が多くて通らないだろうがな。一応頼む」

もっとも通ったところでクラリアーナが文官になるとは限らないが——とつぶやきながら、フランシスは彼女からの報告書を開いた。

そして、最初の一枚を読み終える前に険しい表情を作る。

「アルヴィン。急用ができた。王宮に行ってくる」

フランシスは報告書をアルヴィンに押し付けると、執務室を飛び出しながら言った。

「クラージ伯爵を呼び出しておけ！」

クラリアーナの報告書には、使用された絵の具は城で使用されているものではなく、クラージ伯爵領で製造されているものだと書かれていた。そして――

――彼女の目的はわかりませんが、セアラ様への接触が増えています。セアラ様はすぐに人を信じるところがありますからご注意なさいませ。

成分分析とは別に、そう一言添えられてあった。

◆

「あの……、礼拝堂を汚したの、アイネ様、ですか？」

エルシーが遠慮がちに訊ねると、アイネはさっと表情を強張らせた。

「な、何をおっしゃっていますの？　わたくしは被害者ですのよ？」

「そうですけど。でも、アイネ様、クラリアーナ様は自作自演だとおっしゃったじゃないですか。だから、アイネ様もそうなのかなって」

「勝手に決めつけないでくださいませ！」

「あら、名推理だと思いますけど？」

くすくすと笑い声が聞こえたのでエルシーが首を巡らせると、クラリアーナがこちらへ歩いてくるのが見えた。

「クラリアーナ様！」

「な！」

アイネが勢いよく背後を振り返り、クラリアーナの姿を見つけて瞠目した。

「心配になって来てみたのですけど、これは予想外の展開ですわね。ふふ」

クラリアーナは楽しそうな顔をして、エルシーのそばまで歩いてくると、エルシーの手首を摑んでいるアイネの手をひきはがす。

そしてさりげなくエルシーを背後にかばうと、フランシスとよく似ている緑色の瞳をすうっと細めてアイネを睨んだ。

「実行犯は別にいるのでしょうけどね、一連の騒動の指示者はあなたでしょう？」

「何を馬鹿なことをおっしゃるんですか？　セアラ様にも言いましたけれど、わたくしは被害者ですわ！」

「馬鹿はあなたですわ。被害者になりたいのなら、どうしてほかと同じようにしなかったのかしら？　セアラ様からあなたの庭に野菜が散乱していたと聞いたときからおかしいとは思っていましたのよ。ほかは泥や絵の具で汚されたのに、どうしてアイネ様のお庭だけ、ただ拾えばいいだけの野菜だったのかしらって。あんなもの、嫌がらせのうちに入りませんもの。自分の部屋に届けられていた野菜を庭にばらまいたのでしょう？　ジョハナに各妃候補のキッチンの野菜の在庫を調べさせたらすぐにわかりましたわ。料理をした形跡はほとんどないのに、アイネ様のお部屋からは野菜の在庫がほとんどなくなっていたそうですもの」

「どうしてクラリアーナ様が女官長に命令できるのよ！」

「わたくしがクラリアーナ・ブリンクリーだからですわ。あなたとは格が違いましてよ」

（本当は陛下の協力者だからなんだろうけど、それは秘密ですものね）

真実を口にすることはできないだろうが「格が違う」と言い張ったクラリアーナはとても堂々としていて、それもそうだなと頷かせる迫力がある。

（クラリアーナ様格好いいなぁ）

エルシーはほぼ勘で突き進んだのに、理路整然と証拠を突きつけるクラリアーナは格好いい。

（って、能天気に感動している場合じゃなかったわ！）

エルシーはシスター見習いとして、礼拝堂を汚すことがいかに罪なことかをアイネに説いて反省させなくてはならない。あわせてきっと理由があるのだろうから、話を聞いてあげないと。シスターではないエルシーには懺悔室で懺悔を聞く資格はないけれど、話ならいくらでも聞いてあげられる。

「アイネ様、どうして礼拝堂を汚したんですか？　お話を聞かせてください」

アイネはキッとクラリアーナとエルシーを睨んで叫んだ。

「陛下がお願いを聞いてくださらなかったからよ！」

アイネはクラリアーナに人差し指を突きつけて続けた。

「この女！　この女を王宮から追い出してって、妃候補にはふさわしくないってお伝えしたのに、いつまでたっても追い出してくださらないんだもの！　何度もお手紙を書いたのに！　お返事すらいただけないどころか女官長から注意されるし！　誰も聞いてくれないなら追い出す理由を作るしかないじゃない！」

「まあ……まさか、そのためだけにこれほどの騒ぎを？」

クラリアーナがあきれ顔を作ると、アイネは感情を逆なでされたのかさらに声を荒らげた。

「そのためだけですって!?　わたくしをあれだけ馬鹿にしておいて！　あんたさえいなければ、わたくしがこんなことをする必要もなかったのよ!!」

そう言えば、アイネはクラリアーナに泣かされたことがあるらしい。それでクラリアーナを恨んでいたのだろうか。

(でも、クラリアーナ様をここから追い出すために人に迷惑をかけたり、礼拝堂を汚したりするのはダメだと思うの)

クラリアーナを追い出したいと思うほど傷ついたアイネの心の傷の深さはエルシーにはわからないが、だからと言って何をしてもいいことにはならない。

けれど、傷ついた人を相手にこれ以上責め立てるのも可哀そうな気がして、エルシーはどうやってアイネに寄り添おうかと考えた。

エルシーが必死にアイネにかける言葉を探している間に、クラリアーナがあきれ顔のまま続けた。

「それでセアラ様に近づいたんですの？　自分では陛下に聞いてもらえないから？　なんて幼稚なのかしら。これだけの人に迷惑をかけて、そんな理由が通ると思いまして？」

クラリアーナの言葉は正論なのかもしれないが、今ここでそれを言うのはまずい気がした。勘だ。

案の定、アイネが顔を真っ赤に染めて、クラリアーナに向かって手を振り上げた。

「危ない！」

エルシーは咄嗟にクラリアーナを横に突き飛ばした。

その刹那、パァン！　と乾いた音がしてエルシーの左頬に痛みが走った。

「セアラ様！」

エルシーに突き飛ばされてたたらを踏んだクラリアーナが、慌てたように駆け寄ってくる。

「どうしてかばったんですの!?　早く冷やしましょう！」

「大丈夫ですよ」

痛いには痛いが、か弱いお姫様の力なのでそれほどのダメージはない。

アイネはエルシーを間違えて叩いて一瞬怯《ひる》んだものの、すぐにエルシーを睨みつけて叫んだ。

「セアラ様もセアラ様ですわ！　何度もクラリアーナ様のことを陛下にお伝えしてほしいって言ったのに、いつまでたっても何も言ってくださらないから……！」

「だって、クラリアーナ様は犯人じゃないと、わたくし、確信していましたから」

「な――」

「犯人じゃない方を犯人だとはお伝えできませんもの」

「なによ……何よ、いい子ぶって！　もとはと言えば、あなたがわたくしの思い通りに動いていれば、すべてがうまくいっていたのよ!!」

アイネは悲鳴のような声で叫んで、大きく手を振りかぶった。

(殴られる！)

「セアラ！」

そのとき誰かの叫び声がしたが、エルシーにはそれを確かめている暇はなかった。

エルシーは衝撃に備えてきつく目を閉ざし顔を腕でかばう。

しかし、いつまでたってもなんの痛みも衝撃も襲ってこず、恐る恐る目を開けるとエルシーの目の前にはフランシスが立っていた。

「そこまでだ」

フランシスがアイネの手首を摑んでいた。

「陛下、急に飛び出して行かないでください！」

苦言を呈しながら、クライドがこちらへ駆けてくるのも見える。

「いったいこれはなんの騒ぎだ！」

アイネから手を離したフランシスが、エルシーをかばうように肩に腕を回して、赤くなった彼女の左頬に気づいて表情を強張らせた。

「殴られたのか？」

「いえ、ただの事故ですわ。わたくしが飛び出したのが悪いんです」

クラリアーナを突き飛ばしたとき、エルシーが悪い位置にいたからアイネの手が当たってしまったのだ。これは事故である。エルシーは本心からそう思ったのでその通りに説明したのだが、フランシスはさらに怖い顔をしてアイネに向きなおった。

「アイネ・クラージ。詳しいことは後ほど聞く。お前の父親ももうじき到着するだろう。それまで部屋でおとなしくしているように。……クライド、部屋を見張らせておけ」

「かしこまりました」

「わたくしは！」

アイネは何かを言おうとしたけれど、フランシスから鋭く睨まれて口をつぐむ。

フランシスに命じられたクライドがアイネを連れて行こうとして、エルシーは慌てた。

（その前にグランダシル様にごめんなさいをしないと！）

エルシーは急いでクライドとアイネの前に回り込む。

「アイネ様、お部屋にお戻りになる前に、礼拝堂でグランダシル様に謝ってくださいませ」

「は？　セアラ、今その話は必要か？」

アイネのみならずフランシスまで虚を突かれたような顔をしたが、エルシーは真面目な顔で頷いた。

「必要です！　わたくしにはほかの難しいことはよくわかりませんが、これは違います。グランダシル様のお家を汚したんです。こんな罰当たりなことを、このままにはしておけません。それに、このままだとお怒りになったグランダシル様がアイネ様に罰を与えられるかもしれませんもの！」

神様の罰は怖いのだ。温厚なグランダシル神でも、罰するときは罰するのである。だからきちんと謝罪しなくてはならない。

「おい……。……はあ、変更だ。クライド、アイネを先に礼拝堂へ連れて行け」

フランシスはまだ何か言いかけたが、何を言ってもエルシーが折れないと思ったのか、苦笑を浮かべているクライドに命じた。

エルシーが戸惑っているアイネとともに礼拝堂へ入ると、中の掃除をしてくれていたダーナとドロレスが目を丸くした。

「まあお妃様、どうなさって――って、左の頬が真っ赤ですわ！」

ダーナとドロレスがエルシーの赤くなっている頬に気づくや否や慌てて駆け寄って来た。

「これはたいしたことないから大丈夫なのよ。……アイネ様、行きましょう。わたくしのあとに続いて復唱してくださいませ」

アイネは困惑していたが、エルシーに連れられてグランダシル像の前に立つと、エルシーの真似をして手を組んだ。

「天より見守りし我らの神よ、どうかこの懺悔をお聞きになり、我らに許しをお与えくださいさい」

「て、天より見守りし我らの神よ、どうかこの懺悔をお聞きになり、我らに許しをお与えくださ い」

エルシーのあとについて素直に復唱したアイネに、エルシーはアイネもやっぱり根は素直で素敵な人なのだと安堵《あんど》する。

(ちょっと間違ってしまっただけよね)

迷うことも間違えることも、生きている以上当然起こりうることだとカリスタは言っていた。間違っても、正せばいい。間違いを認め、正して、前を向くために神に祈るのだ。

アイネがエルシーのあとに続いて礼拝堂やグランダシル像を汚してしまったことについての謝罪を終えると、エルシーは顔を上げてにこりと笑う。

「グランダシル様はお優しい方です。きちんと謝罪された方をお恨みになることはありません。こうして自分の罪に向き合って謝罪したアイネ様はきっと、グランダシル様に見守られて幸せになれますわ」

「……セアラ様……」

アイネは驚いたように目を見開いて、それから小さく微笑んだ。それは、怒りや悲しみなど、負の感情が抜け落ちた綺麗な笑顔だった。

「じゃあ、アイネ様、行きましょうか」

クライドに連れられて自分の部屋へ向かうアイネを見送っていると、いつの間にかエルシーの隣に立ったフランシスがぽそりと言う。

「お前は本当に……今も昔も純粋だな」

「え？」

「なんでもない」

フランシスが首を横に振って、エルシーの左頰に触れた。

「早く冷やそう。さっきより赤みが増した気がする」

フランシスの指摘にダーナとドロレスが慌てて水とタオルを取りに走って行った。

クラリアーナがエルシーの顔を覗き込んで眉を寄せる。

「わたくしをかばったりなさるから……」

「わたくしは大丈夫ですってば。そんなことより、クラリアーナ様が無事でよかったです！」

エルシーは頑丈にできているが、貴族のお姫様は繊細なはずだ。クラリアーナが叩かれていたら、大怪我になっていたかもしれない。

「というか、わたくしの予定ではクラリアーナ様を颯爽《さっそう》と助けるはずだったのに、どうして失敗したんでしょうか？　こう、アイネ様の手をぐっと止めて『暴力はいけません！』とか言うつもりだったのに」

首をひねっていると、フランシスがエルシーの頭をポンと撫でて、それから嘆息交じりに言った。

「頬を冷やして、それから今日は一日寝ていろ。寝不足なのもあって、今のお前は何かしでかしそうで怖い。言っていることも頓珍漢だ」

フランシスの隣で、クラリアーナも神妙な顔で大きく頷いた。

◆

フランシスの言いつけを守って一日寝て過ごした結果、次の日にはびっくりするほど頭の中がすっきりしていた。

今ならすごい推理ができそうな気がするのに――あくまで気分だけだが――、すべてが解決してしまったあとなのが残念だ。

礼拝堂やクラリアーナ、ベリンダの部屋の庭を汚した犯人はアイネで間違いなかった。

クラリアーナの読み通り、実行犯は別にいて、それは彼女の実家のクラージ伯爵家の使用人だった。

　クラージ伯爵家の使用人は、夜にこっそり王宮に出入りして、アイネに様々な差し入れを届けていたらしい。アイネのドレスはクラリアーナのドレスと同じくらい素晴らしいものだと思っていたが、どうやらそれらは、彼女や侍女の手作りではなくすべて実家からの差し入れだったようだ。その際に、アイネから頼まれて、礼拝堂や庭を汚したという。

　クラリアーナはもともと、アイネが実家から物資を届けさせているると怪しんでいて、彼女の行動を監視していたらしい。王宮に入ったあとは、妃候補の実家からの差し入れは原則禁止されている。王宮の秩序と安全を守るために絶対守らなければいけないと定められたルールで、それを破れば最悪王宮から追放されるのだそうだ。

　そして、アイネの行動を探っていたとき、彼女を一連の事件の犯人ではないかと怪しむようになったそうだが、この時点ではクラリアーナの中の犯人候補は複数いたそうで、確信には至らなかった。

　クラリアーナが、犯人候補たちの中でアイネが一番怪しいと思ったのは、エルシーからアイネの庭に野菜がばらまかれていたという話を聞いた時だそうだ。

「セアラ様のおかげで確信が持てたのですわ」

「え？」

「セアラ様、おっしゃったでしょう？　捨てられてもったいなかったって。お野菜は本来食べるものであって嫌がらせの道具ではありませんから。しかも腐った野菜ではなくて、拾えばいいだけの食べられるものが置かれていたなんて、一連の事件と比べると明らかにおかしいでしょう？　ふふふ、それに気づかせてくださったセアラ様って、ぼんやりしているようで勘が鋭いのかしら？」

いや、エルシーは本心から食べられるのにもったいないと思っただけで、クラリアーナが言うような深い読みはこれっぽっちもしていなかった。エルシーの何も考えていない一言がヒントになったのならば、それはクラリアーナの洞察力が優れていただけのことだ。

クラリアーナはあわせて、絵の具についての成分分析もかけていたそうだ。結果、それもクラージ伯爵領で作られているものだとわかった。城では使っていない絵の具だったので外部から運び込まれたのは間違いなく、アイネが犯人だと裏付ける証拠になったという。

アイネの父であるクラージ伯爵は、娘の嘆願を受けて、使用人に食べ物や衣服などの差し入れをさせていたことは認めたが、アイネが王宮で起こした事件については知らなかった。娘の行動で身分剥奪などの厳罰が下ることはないらしいが、罰として一部の資産が没収されることとなったらしい。

「アイネ様は王宮から出て行かれるんですよね？」

「ええ、これだけの騒ぎを起こしたのですから当然ですわ。陛下の妃としてふさわしくありませんもの」

アイネに加えて、アイネに買収されて、本来しなければならない報告を怠っていた彼女の侍女二人も実家に帰されるのだそうだ。

そしてこれは余談だが、侍女は妃候補の世話のほかに彼女たちが間違った行動をとっていないか監視する役目もあって、それを怠った二人の侍女に激怒した女官長ジョハナが、侍女たちを集めて再教育をすると言い出した。ダーナとドロレスがとんだとばっちりだと嘆いていて、エルシーはそんな二人に深く同情した。

「ここをこう縫えば、ほら、ウエストラインがキュッと強調されますわ」

「なるほど！」

さて、エルシーであるが、無事に犯人も判明して暇になったクラリアーナから、ドレスの作り方を教わっていた。

ダーナとドロレスはクラリアーナを苦手としていたようで、エルシーが仲良くなったと言えばびっくりされたが、仲良くすることについては「セアラ様ですからね」と妙に達観した様子で反対はされなかった。エルシーは無自覚だったが、ダーナたちにとってはエルシーの行動は驚きの連続だったそうで、二人は「だんだん慣れてきて、最近ではあまり驚かなくなりましたわ」と言っていた。

ただ、それでも二人はエルシーがクラリアーナにいじめられないかどうかは気にしていて、ドレスの縫い方を教わっているときもどちらかが横に張り付いている。クラリアーナがいい人だというのはじきにわかると思うので、二人もそのうち落ち着くだろうけど。

　そう言えばクラリアーナの髪飾りだが、あれはクラリアーナが歩いているときに落とすのを偶然目撃したアイネが、こっそりと隠し持っていたらしい。最初はただの嫌がらせで隠していたそうだが、エルシーがなかなかフランシスにクラリアーナが犯人だと告げないことに業を煮やし、その髪飾りを落としてクラリアーナに嫌疑がかかるように仕向けることを思いついたという。

「これから暑くなりますし、背中が大きく開いたドレスも作りましょうか。涼しくていいですわよ」

　フランシスが聞いたら露出過多だと怒りそうなことを言って、クラリアーナが紙にデザインを描きはじめた。クラリアーナは絵もうまい。

「それにしても、今回は、セアラ様の行動力に本当に驚かされましたわね。礼拝堂で夜の番をしてみたり、わたくしをかばって叩かれてみたり。……一番驚いたのは、武器として用意していたものが竹ぼうきだったことですけど」

「ちりとりとかお鍋とかバケツよりリーチがあるので！」

「そういう問題で選びましたの!?」

「はい！　あと、包丁だったら怪我をさせてしまうかもしれませんから」

「……犯人より先にセアラ様が怪我をしそうですから、絶対に包丁は持ち出さないでくださいませ」

「大丈夫です！　多少の怪我は覚悟の上ですから！」

「全然大丈夫ではありませんわ！」

クラリアーナは啞然として、それからペンを置いて額を押さえた。

「妃候補である以上、陛下のお妃様として人格問題がないかチェックされますのよ。それを判断するのは何もフランシス様だけではありませんわ。『セアラ様』がよくても、よくない方がいらっしゃるでしょう？」

よくない方、というのは本物のセアラのことだろうか。クラリアーナの言う通り、エルシーの行動はそのまま「セアラ・ケイフォード」の評価につながる。確かにそれは忘れないようにしなければならない。

けれど、エルシーにも譲れないものはあって、今後も同じようなことが起これば、無茶をしない自信がない。

「どうしてそこまで無茶をなさいますの。セアラ様が動かなくても、危険なことは人に任せておけばいいではありませんか。今回は大丈夫でしたけれど、次も同じとは限りませんわ。フランシス様が是としても、王太后様のお耳に入れば、それこそここを追い出されてしまうかもしれませんわよ。もう少し行動にはお気をつけになってくださいませ」

エルシーはちょっと考えて、それから大きく頷いた。

「わかりました、気をつけます！　礼拝堂を荒らされなければ、大丈夫です！」

けれども、神様の敵だけは許さない。

そう宣言すると、クラリアーナだけではなく、近くで聞いていたダーナとドロレスもそろって「わかってない……」と大きなため息を吐き出した。

エピローグ

犯人だと知られてから二日後、アイネ・クラージ伯爵令嬢が王宮から出て行った。

ひっそりと、人の目を避けるように、早朝まだ夜が明けぬうちに部屋をあとにしたという。

そう教えてくれたのはクラリアーナで、住人がいなくなった部屋については空室のまま置かれることが決定したらしい。

妃候補が一人抜けたが、補充はされないそうだ。過去には妃候補が王宮から去った際、新しい妃候補が空き室に入ったことがあるそうなのだが、フランシスが補充は不要と決めたと聞いた。

王宮から一人去ったというのに、特別大きな騒動はなく、これまでと何も変わらない時間が流れている。

いや――エルシーに限って言えば、以前と比べると日常にちょっとした変化が訪れた。

まず、クラリアーナが頻繁にエルシーの部屋に訪ねて来るようになったことだ。

身分的に考えるとクラリアーナの部屋をエルシーが訪ねるべきだと思うのだが、エルシーが一番右の部屋を使っている彼女の元に通うと目立つので、避けておいたほうがいいらしく、結果、クラリアーナが来るようになった。

そしてもう一つ。クラリアーナと二人でドレスを作っていたところへイレイズがやってきて、それから彼女も頻繁にエルシーの部屋へ遊びに来るようになった。

イレイズははじめこそクラリアーナにいい感情を抱いていなかったが、クラリアーナが実はいい人だとわかるとすぐに打ち解けた。

クラリアーナもイレイズのことは信用できるそうだ。それだけの情報を持っていると彼女は言ったが、いろいろ隠密《おんみつ》行動しているクラリアーナの情報はなんだか怖いので、エルシーは詳しくは聞かなかった。

今では三人ともすっかり仲良しなので、エルシーはその事実さえあればいい。

「この薄い緑色なんて、イレイズ様に似合うと思いますのよ」

クラリアーナがそう言って、エルシーの部屋に散らばっている布の中から、ミントグリーンをもう少し薄くしたような緑の布を取り上げた。

「ワンショルダーにして、上半身はすっきりと、スカートはたっぷり布を使って……こんな感じはどうかしら？」

クラリアーナがさらさらとドレスのデザインを紙に描いていく。

イレイズと二人でそれを覗き込んだエルシーは、顔を輝かせて手を叩いた。

「素敵です！　これでいきましょう！　ね？　イレイズ様！」

「ええ、本当。でも、難しそうですわ。作れるのかしら？」

「クラリアーナ様はプロ並みの腕前ですからきっと大丈夫ですよ！」

「まあ、セアラ様ったら、褒めても何も出ませんわよ」

そう言いつつまんざらでもなさそうな顔で、クラリアーナが「ふふふ」と笑う。

裁縫の苦手なイレイズは、基本的に刺繍やボタン付けなど簡単な作業を担ってくれて、エルシーはクラリアーナの指示のもとに布を裁断し、彼女とともに縫製していく役だ。イレイズは裁縫が苦手でも刺繍は貴族令嬢の「たしなみ」なので人並みにできるという。さすがお姫様。「たしなみ」のレベルが違う。

三人で役割分担をしながら作れば難しいドレスもあっという間に完成するから、最近ではこうして集まって順番にそれぞれのドレスを作るようになった。

「そう言えば、セアラ様が以前作っていたコサージュですけど、あの作り方が知りたいですわ。このドレスの肩のところにつけたくて」

クラリアーナがイレイズに布を当てて丈の長さを確認しながら、思い出したように言った。

少し前に、ドレスを作ったあとの端切れでコサージュを作ったのだ。ドレスやワンピースを作ったあとに出た端切れは雑巾にして使うことが多かったのだが、支給される布はかなり上等なもので、試しに修道院のバザーのときによく作っていたコサージュを作ってみたのである。

そして、それを普段着ているワンピースに何気なくつけていたのをクラリアーナが目ざとく発見したのだ。彼女はあのコサージュが気に入ったらしい。

「簡単なんですよ」

エルシーは取っておいた端切れを持ってきて、コサージュを一つ作ってみせた。

「まあ、これならわたくしにも作れそうですわ」

イレイズが完成したコサージュを手に微笑む。自分のできることが増えるのが嬉しいようだ。

「髪飾りにも使えそうですわ」

「それなら色違いでおそろいにしてもいいですね！」

エルシーが満面の笑顔でそう言うと、何故か左右からクラリアーナとイレイズに抱きしめられてしまった。

「セアラ様ってどうしてこう可愛らしいのかしら」

「本当に、このまま連れて帰りたくなりますわ」

そうしてクラリアーナとイレイズの三人でいることが自然になってきたある日の夕方、フランシス国王がエルシーの部屋を訪ねてきた。

それは、エルシーが王宮に入ってちょうど一か月目のことだった。

クライドを伴ってやって来たフランシスを見たエルシーは、思わず唖然としてしまった。

フランシスは騎士の制服を着て、茶髪のウィッグを被っていたからだ。

「アップルケーキを食べに来た」

フランシスはそう言った。エルシーのことを黙っていてもらう口止め料にアップルケーキを要求されはしたが、変装してまで食べたかったのだろうか。

(どれだけアップルケーキが好きなのかしら……?)

命じてくれれば、ダーナかドロレスに頼んで作ったアップルケーキを届けるのに、わざわざ食べに来るなんて。

突然やってきたフランシスに、ダーナとドロレスも驚愕したけれど、二人はすぐに正気に戻ると、大慌てでダイニングにお茶の準備をはじめた。

紅茶とアップルケーキが出されると、フランシスは満足そうな顔をしてフォークを握る。ダーナとドロレス、そしてクライドが気を利かせてダイニングから出て行って、エルシーはフランシスと二人きりにされてしまった。

「セアラ、かわりないか?」

フランシスがアップルケーキを口に運びつつ訊ねた。

二人きりとはいえ、建物の中にはダーナやドロレス、クライドがいるから、彼はきちんと「セアラ」として接してくれる。

エルシーが頷くと、フランシスは少しだけ心配そうな顔をした。

「クラリアーナがここに入り浸っていると聞くが……あの派手なドレスを作っているのか?

嫌なら嫌だときちんと言った方がいいぞ」

クラリアーナはエルシーにドレスの作り方を教えにやってくるが、何もそれだけのために来ているわけではない。というか、最近ではドレスの作り方を教えるのがついでで、エルシーの焼いたお菓子を食べながらおしゃべりに興じることの方がメインになりつつある。

「クラリアーナ様はとても親切にしてくださっています。ドレス作りも楽しいですよ」

「あいつが親切ね……。まあ、俺への嫌がらせのような気もするがな」

「どうして陛下への嫌がらせになるんですか？」

「それはあいつがお前の作った菓子の感想を逐一報告してくるからだ」

（？）

だから、どうしてそれが嫌がらせになるのだろう。エルシーはわからなかったが、フランシスはクラリアーナがよこすお菓子の感想が相当気に入らないと見える。

フランシスは拗《す》ねたような顔をしていたけれど、気を取り直すと、ケーキの続きを食べながら言った。

「それはそうと、来月だがな、南にある別荘へ行こうと思うんだ」

別荘のある南のワルシャール地方は王家の直轄地だ。今はフランシスの叔父である前王弟スチュワートが住んでいて、フランシスは毎年視察もかねて訪れているという。三週間ほど城をあけるそうだ。

「どんな所なんですか？」

「そうだな……ワインの製造が盛んなところだな。訪れるころはぶどうの花が咲いているころだろう。ぶどうはなっていないが」

「ぶどうの花ですか？　見たことないですけどどんな花ですか？」

「遠目では気づかないし、近づいても花に見えないから花っぽくない花だな」

「花っぽくない花ってなんですか？」

「花びらがないんだ。まあ、実際見たらわかると思うが……」

（花びらがないなら、それはもう花ではない気がするけど……ああ、でも、花が咲かないと実がならないって言うし、やっぱり花なのかしら？）

考えてもわからなさそうなので、エルシーは早々に考えることを放棄した。

エルシーは「そうなんですね」と適当な相槌《あいづち》を打って、それならばフランシスは来月はこうしてアップルケーキを食べに来ないのだろうかと思った。これまでだってたいして会っていないのに、三週間会えないと思うとちょっぴり淋しいような気がするのは何故だろう。

「お気をつけて行ってきてくださいね」

「何を言っているんだ？　お前も行くんだ」

「……はい？」

「だから、お前も連れていくと言っている」

（何故？）

エルシーは目をぱちくりさせたけれど、フランシスは至極当然のような顔をしてケーキを頬張っている。

「ずっとここにいたら息が詰まるだろう。だから連れていくことにした」

……そこに、エルシーの意見は反映されないのだろうか。

ちょっぴりあきれたけれど、修道院の中でずっと暮らして、ここに来てからも王宮の中だけで生活が完結していたエルシーは、訪れたことのない場所へは行ってみたい気もする。花らしくないというぶどうの花も気になるし。

フランシスはアップルケーキを食べ終わって、満足そうな顔で紅茶を飲むと、にこにこと笑う。

「湖があるからな、ボート遊びができるぞ」

「ボート遊び……」

ボートを見たことのないエルシーにはピンとこなかったけれど、話には聞いたことがある。きっと楽しいのだろう。それはちょっとやってみたい。

「でも……礼拝堂の掃除をしないと……」

「また礼拝堂か。お前の礼拝堂愛にも困ったものだな」

フランシスは肩をすくめて、それから「礼拝堂のことはジョハナに頼んでおく」と言った。

きちんと掃除させて、再び汚されることがないように見張りもつけてくれるという。それならば安心だ。

「それから、礼拝堂愛が大暴走中のお前に朗報だ。明後日がなんの日か、敬虔なお前なら知っているだろう？」

「明後日……グランダシル様のお誕生日！」

エルシーはぱあっと顔を輝かせた。フランシスはグランダシル神にあまり興味がないのかと思っていたのに、神様の誕生日を覚えていたのだ！

ほかの宗教の神様は誕生日が不明な方も多いそうだが、グランダシルは誕生日が明確で、毎年、修道院では近所の住人を呼んで、神様の誕生日をお祝いして夏祭りを開いていた。

(毎年夜遅くまで盛り上がって、楽しかったのよね)

エルシーが去年の夏祭りを思い出して懐かしんでいると、フランシスがニヤリと笑って言った。

「さすがだ。そこで、お前もまあ今回の件では頑張ったことだし、褒美もかねて礼拝堂で祭りをすることにした」

「お祭りですか!?」

「嬉しいだろう？」

「はい！」

エルシーがキラッキラの笑顔で頷くと、フランシスが満足そうに目を細める。

「準備はクライドたちに頼んでおくが、どうせお前も関わりたいと――」

「もちろんです！」

フランシスがみなまで言う前に食い気味に答えると、フランシスは苦笑して続けた。

「だから、飾りつけを任せようと思ってな。必要なものがあれば城から持ってこさせるから、あとでまとめてジョハナにメモを渡してくれ」

「はい!!」

俄然《がぜん》楽しくなってきた。

（クラリアーナ様とイレイズ様にもお知らせしないと！）

飾りつけはみんなでした方が楽しいのだ。クラリアーナと、イレイズ、ダーナとドロレスも誘ってみんなで礼拝堂を華やかに彩りたい。

エルシーが早くもうずうずしはじめると、アップルケーキを頬張ったフランシスがもぐもぐと口を動かしながらぼそりと「食べ物も並べるか」と言った。

「お前はともかく、ほかの妃候補がろくなものを食べていないらしいというのはジョハナから聞いていたしな。城の料理長に言って料理を準備させよう」

「素敵です！　わたくしもケーキを焼きます！」

「わかった。では、リンゴを大量に運ばせておこう」

（ん？　なんのケーキか決めてなかったのに、これはアップルケーキ確定の流れ？）

フランシスが心なしか嬉しそうな顔をしたから、ほかのケーキにしますとは言いにくい流れだ。

（ま、いっか。陛下だけじゃなくてトサカ団長もアップルケーキが好物だって言っていたし）

フランシスはアップルケーキを完食すると立ち上がる。

「それでは祭りの準備で何か困ったことがあれば、ジョハナに伝えてくれ。俺も時間を見つけて手伝いに来よう」

「わかりました！」

エルシーは上機嫌でフランシスを見送って、それからダーナとドロレスに祭りのことを話すと、クラリアーナとイレイズに知らせてもらうように頼む。

「さてと、まずは――」

エルシーは玄関へ向かうと掃除道具を取り出し、バケツと雑巾を抱え、竹ぼうきを空に向かって突き上げた。

「心地よくお祭りの日を迎えるために、礼拝堂をぴっかぴかにしないとね！」

エルシーはそのまま、鼻歌を歌いながらスキップで礼拝堂へと向かったのだった。

◆

二日後の昼下がり。

花やリボンで飾られた礼拝堂の前には、たくさんの料理が並べられていた。

急な祭りの開催の連絡だったにもかかわらず、妃候補やその侍女たちは全員参加してくれて、皆が楽しそうに料理をつまんでは談笑している。

「ケーキのおかわりが焼けましたよー！」

エルシーが大皿に載せたケーキを運んでくると、それを見つけたクラリアーナがあきれ顔をした。

「姿が見えないと思ったらケーキを焼いていましたの？　なんのために城のメイドたちを派遣させたと思っていますの？　準備も担当して当日も働くなんてどうかしてますわ」

おとなしく祭りを楽しめと言われて、エルシーはケーキをテーブルの上に置きながら苦笑いだ。修道院のときも、祭りと言えばエルシーは働く側の人間だったから、動いている方が落ち着くのである。

「セアラ、一つくれ」

クライドとコンラッド騎士団長を連れてフランシスが近づいて来た。女性が苦手なフランシスは、クライドとコンラッドを盾に使って、話しかけてくる妃候補たちを遠ざけている。

アップルケーキを小皿に取り分けてフランシスに渡していると、クライドが持っていた自分の皿の上にケーキを二切れ載せた。クライドはここに来てからずっと食べ通しだが、まだまだ満腹とはほど遠そうである。

（男の人って、きっとお腹の中が異次元とつながっているのね）

あれだけの食べ物がどこに入るのだろうとエルシーが感心していると、イレイズがコンラッドにケーキを差し出した。クライドほどではないが、こちらもよく食べる。

「セアラも食べろ。食べていないんだろう？」

「食べてますよ？」

料理を運んだり、あいた皿を片付けたりしながら、間で口に入れている。

それなのにフランシスのみならず、クラリアーナもイレイズも、クライドもコンラッドも、やれやれと肩をすくめるから不思議だった。

「お前はもう仕事は禁止だ。あとはメイドと女官長に任せて、祭りを楽しむように。いいな？」

「でも……」

「今日はグランダシル神の誕生日なのだろう？　外にいるとどうしても働きたくなるのなら、食事でも持って、礼拝堂の中で神様の誕生日をお祝いしていたらどうだ？　今日の主役はグランダシル神なのに、今、礼拝堂で一人ぼっちじゃないか」

「本当ですね！」

指摘されるまで気づかなかった。修道院のお祭りの時は必ず誰かが礼拝堂の中でグランダシル神のお誕生日をお祝いしていたが、ここではその役目を担えるのはエルシー以外にいないのだ。

(グランダシル様をひとりぼっちにするなんて、シスター見習い失格だわ!)

エルシーは弾かれたように礼拝堂に向けて駆け出した。

「セアラ様! お食事は!? ……って行ってしまわれたわ。本当、礼拝堂のことになると周りが見えなくなる方ね……」

クラリアーナの声が背後から聞こえた気がしたが、一目散に礼拝堂に飛び込んだエルシーには内容まで聞き取れなかった。

外と同じく華やかに飾りつけをした礼拝堂の中は、ステンドグラスから差し込む日差しでさらにカラフルに彩られている。

エルシーは祭壇の前の長椅子に腰を下ろすと、グランダシル像に向かって手を組んだ。

「お祝いの日に一人ぼっちにしてごめんなさい。改めまして、お誕生日おめでとうございます、グランダシル様。お祭りの残りの時間は、ここでグランダシル様と一緒にすごさせてください」

「それはいいが、食事と飲み物くらい持っていけ」

「え!?」

一瞬、グランダシル像から返答があったのかと思って飛び上がったエルシーだが、背後から足音が聞こえてきて合点した。声はフランシスだったらしい。

「陛下、びっくりさせないでください」

「驚いたのはこっちだ。礼拝堂に行ったらどうかとは言ったが、何も持たずに飛び込んでいくとは思わんだろう、普通」

クライドとコンラッドは外に置いて来たのか、フランシスは一人だった。料理を載せた皿とドリンクの入ったグラスを二つ持っている。

フランシスはエルシーの隣に座ると、皿を長椅子の上に置いて、グラスを片方差し出した。

「陛下、ここにいていいんですか？」

「外は落ち着かないからな。ここでいい」

クライドとコンラッドがいても、妃候補たちから話しかけられるのを完全に遮断することはできないので、フランシスはこの小一時間の間にすっかり疲れたようだ。

フランシスがグラスをグランダシル像へ向けてかざす。

「生誕おめでとうございます、グランダシル神」

エルシーはぱあっと顔を輝かせて、フランシスの真似をした。

「おめでとうございます！　グランダシル様！」

エルシー以外にもグランダシル神の誕生日をお祝いしてくれる人がいてとても嬉しい。

それからフランシスがエルシーに向かってグラスを傾けたのでエルシーが同じようにすると、カチンと小さな音を立ててグラス同士がぶつかった。

フランシスが持って来たドリンクはアルコールではなくただのオレンジジュースで、祭りのあとの後片付けを手伝うつもりのエルシーも安心して口をつけた。

「この一か月、王宮での暮らしはどうだった？」

「楽しかったですよ？」

ここに来る前はどうなることかと心配だったが、蓋を開けてみれば意外と快適だった。何より近くに礼拝堂があるのがいい。そばにグランダシル神がいると思うと安心できるからだ。

「それならよかった。……てっきりお前は、早く帰りたいのかと思っていたからな」

「それは……」

帰りたいか帰りたくないかと言われたら帰りたいけれど、セアラの代わりでここにいる以上、彼女と入れ替わるその日まで帰ることはできない。

フランシスはグラスの中身をいっきに飲み干すと、真顔でエルシーに向きなおった。

「エルシー、俺はお前が作るアップルケーキをこの先もずっと食べたいと思うんだが、それを望んだらお前は俺のためにずっとケーキを焼いてくれるか？」

「まあ！」

エルシーは目を丸くして、くすくすと笑った。

（陛下ってば食いしん坊さんね！）

あれだけ食べているのに、まだアップルケーキが足りないのだろうか？

「お望みならもちろんいつでも焼きますよ！」

「そ、そうか……！」

「はい！　修道院に帰ったあとも、お城にちゃんとお届けしますからね！　あ！　クライド様やクラリアーナ様もアップルケーキがお好きのようですから、お二人の分もお届けした方がいいですよね！」

「……………」

一瞬嬉しそうに喜んだフランシスだったが、続くエルシーの言葉になんとも言えない顔をして、それから片手で目の上を覆うと、「はー」と息を吐きだした。

「そう、だな。そのときは、うん、頼む……」

「任せてください！」

エルシーは胸を張って了承したのだが、何故かフランシスはそのまま疲れたように黙り込んでしまった。

（国王陛下って毎日忙しいはずだから、疲れているのかしら？）

それなのに祭りまで企画してくれて、手が空いているときには手伝いに来てくれていたのだ。疲れがたまっているに違いない。

（疲れているときには甘いものがいいけど、陛下、アップルケーキはたくさん食べていたものね。何かほかのものがいいかしら？）

フランシスが持って来た皿の上には甘いものはなさそうだ。

「陛下、何か甘いものを持ってきますね！」

「は？　あ、ああ……」

フランシスが気の抜けた返事をしたが、エルシーはグラスを置いて立ち上がると、礼拝堂から飛び出して行く。

そして、料理が並べられているテーブルを見ながら甘いものを物色していると、クラリアーナとクライドが近づいて来た。イレイズとコンラッドは少し離れたところで話し込んでいる。

「セアラ様、どうなさったの？」

「陛下のために甘いものを探しに来たんです」

「甘いもの？　あれだけアップルケーキを食べていてまだ食べますの？」

クラリアーナがあきれ顔をしたので、エルシーが先ほどのフランシスとの会話をかいつまんで説明すると、今度は彼女はあんぐりと口を開けた。

「……ええっと、それでセアラ様は甘いものを？」

「はい！　この先もずっとアップルケーキを食べたいなんて、それだけ甘いものを欲しているということは、よっぽど疲れているんだと思うんです！」

「…………あら、まあ……」

「可哀そうに、見事にフラれましたね」

クラリアーナの隣でクライドが憐憫《れんびん》に似た笑みを浮かべていた。

「甘いものなんてなくても、セアラ様がそばにいてあげたほうがいいと思いますわよ」

「なるほど！　疲れているときは淋しいときと一緒で人恋しくなるんですかね！」

「いえ、そういう意味ではないんですけど……」

クラリアーナは頬に手を当てて、「困った方」と苦笑する。

エルシーがフランシスのために甘いものを皿に載せて礼拝堂へ戻っていくと、そんな彼女を見守りながら、クラリアーナとクライドがそれぞれ面白そうな声でつぶやいた。

「あれは前途多難と言うやつですわね」

「ええ。先は長そうです」

そんな二人のつぶやきなどもちろん聞こえていないエルシーは、

「陛下！　甘いものですよ！　これで元気を出してください！」

礼拝堂で待つフランシスに向かって頓珍漢な慰めを言って、フランシスを困惑させたのだった。

あとがき

はじめましての方も、ほかの作品を読んでくださったことがある方も、こんにちは、狭山《さやま》ひびきです。本作をお手に取ってくださり誠にありがとうございます！

本作は天然で能天気なシスター見習いがひょんなことから国王のお妃《きさき》様候補になってしまうお話です（そのままです）。

あとがきを書いている今日は、ちょうどハロウィンの日です。わたしはもういい年なので仮装して楽しむことはないのですが、この時期になると、ハロウィンシーズン限定のスイーツなどがコンビニなどに並ぶのでちょっとわくわくします。カボチャのプリンが死ぬほど好物なので、一年中ハロウィンでもいいのにと思っている今日この頃です。

さて、作中にアップルケーキが登場しますが、実はこちら、昔（十年くらい前になるでしょうか……）、何を考えたのか、リンゴを大量に箱買いしたことがありまして……その時、腐る前に何とかして食べようと、とにかくリンゴを大量消費できるケーキをせっせと焼いていました。作中のアップルケーキは、その時のレシピをもとにしています。ふんわりというよりはしっとり系のケーキです。大雑把なわたしは全部目分量で作っていたので当時と同じ味になるかはわかりませんが、本作を書いていて懐かしくなったので、時間があるときに、久しぶりに作ってみようかなと思います（今回のあとがき、食べ物の話しかしてないな……）。

そろそろあとがきページも埋まってきましたので、恒例ではございますが、お世話になった皆様への感謝で締めくくらせていただきます！

まず、本作のイラストをご担当くださいました、しんいし智歩《ちほ》様！ ありがとうございました！ 今現在キャラデザを確認させていただいた段階なのですが、エルシーもクラリアーナもめちゃくちゃ可愛《かわい》くて、フランシスもイメージぴったりの「面倒くさそうなイケメン」で（笑）、最高でした！

次に、担当N様！ 本当にいろいろ甘えてしまってすみません！ 改稿するにあたり、すごく丁寧にアドバイスしてくださり感謝感謝です！

また、担当様はもちろんのこと、本作を出版するにあたりご尽力くださいました皆様、本当にありがとうございました！

そして最後に、読者の皆様！ ご購入ありがとうございます！ 皆様に少しでも「楽しい」がお届けできていたら幸いです。

それでは、またどこかでお逢《あ》いいたしましょう！

電撃の新文芸

元《もと》シスター令嬢《れいじょう》の身代《みが》わりお妃《きさき》候《こう》補《ほ》生《せい》活《かつ》
～神様《かみさま》に無礼《ぶれい》な人《ひと》はこの私《わたし》が許《ゆる》しません～

著者／狭山《さやま》ひびき
イラスト／しんいし智歩《ちほ》

2023年1月17日　初版発行

発行者／山下直久
発行／株式会社ＫＡＤＯＫＡＷＡ
〒102-8177　東京都千代田区富士見2-13-3
0570-002-301（ナビダイヤル）
印刷／図書印刷株式会社
製本／図書印刷株式会社

【初出】……………………………………………………………………………………

本書は、「小説家になろう」に掲載された『幼少期に捨てられた身代わり令嬢は神様の敵を許しません』を加筆、訂正したものです。
※「小説家になろう」は株式会社ヒナプロジェクトの登録商標です。

ISBN978-4-04-914674-5　C0093　Printed in Japan

ファンレターあて先
〒102-8177
東京都千代田区富士見2-13-3
電撃の新文芸編集部

「狭山ひびき先生」係
「しんいし智歩先生」係

チュートリアルが始まる前に
ボスキャラ達を破滅させない為に俺ができる幾つかの事

著／高橋炬燵
イラスト／カカオ・ランタン

この世界のボスを“攻略”し、
あらゆる理不尽を「攻略」せよ！

目が覚めると、男は大作RPG『精霊大戦ダンジョンマギア』の世界に転生していた。しかし、転生したのは能力は控えめ、性能はポンコツ、口癖はヒャッハー……チュートリアルで必ず死ぬ運命にある、クソ雑魚底辺ボスだった！　もちろん、自分はそう遠くない未来にデッドエンド。さらには、最愛の姉まで病で死ぬ運命にあることを知った男は――。
「この世界の理不尽なお約束なんて全部まとめてブッ潰してやる」
男は、持ち前の膨大なゲーム知識を活かし、正史への反逆を決意する！『第7回カクヨムWeb小説コンテスト』異世界ファンタジー部門大賞》受賞作！

電撃の新文芸

Unnamed Memory I

青き月の魔女と呪われし王

著／古宮九時
イラスト／chibi

読者を熱狂させ続ける
伝説的webノベル、
ついに待望の書籍化!

「俺の望みはお前を妻にして、子を産んでもらうことだ」

「受け付けられません！」

　永い時を生き、絶大な力で災厄を呼ぶ異端――魔女。強国ファルサスの王太子・オスカーは、幼い頃に受けた『子孫を残せない呪い』を解呪するため、世界最強と名高い魔女・ティナーシャのもとを訪れる。“魔女の塔”の試練を乗り越えて契約者となったオスカーだが、彼が望んだのはティナーシャを妻として迎えることで……。

リビルドワールドⅠ〈上〉

誘う亡霊

電撃《新文芸》スタートアップコンテスト《大賞》受賞作！
科学文明の崩壊後、再構築《リビルド》された世界で巻き起こる
壮大で痛快なハンター稼業録！

旧文明の遺産を求め、数多の遺跡にハンターがひしめき合う世界。新米ハンターのアキラは、スラム街から成り上がるため命賭けで足を踏み入れた旧世界の遺跡で、全裸でたたずむ謎の美女《アルファ》と出会う。彼女はアキラに力を貸す代わりに、ある遺跡を極秘に攻略する依頼を持ちかけてきて――!?

二人の契約が成立したその時から、アキラとアルファの数奇なハンター稼業が幕を開ける！

著／ナフセ
イラスト／吟
世界観イラスト／わいっしゅ
メカニックデザイン／cell

電撃の新文芸

異修羅Ⅰ
新魔王戦争

全員が最強、全員が英雄、
一人だけが勇者。“本物”を決める
激闘が今、幕を開ける——。

魔王が殺された後の世界。そこには魔王さえも殺しうる修羅達が残った。一目で相手の殺し方を見出す異世界の剣豪、音すら置き去りにする神速の槍兵、伝説の武器を三本の腕で同時に扱う鳥竜の冒険者、一言で全てを実現する全能の詞術士、不可知でありながら即死を司る天使の暗殺者……。ありとあらゆる種族、能力の頂点を極めた修羅達はさらなる強敵を、“本物の勇者”という栄光を求め、新たな闘争の火種を生みだす。

著／珪素
イラスト／クレタ

電撃の新文芸

煤まみれの騎士 I

どこかに届くまで、
この剣を振り続ける――。
魔力なき男が世界に抗う英雄譚！

知勇ともに優れた神童・ロルフは、十五歳の時に誰もが神から授かるはずの魔力を授からなかった。彼の恵まれた人生は一転、男爵家を廃嫡、さらには幼馴染のエミリーとの婚約までも破棄され、騎士団では"煤まみれ"と罵られる地獄の日々が始まる。

しかし、それでもロルフは悲観せず、ただひたすら剣を振り続けた。そうして磨き上げた剣技と膨大な知識、そして不屈の精神によって、彼は襲い掛かる様々な苦難を乗り越えていく――！

騎士とは何か。正しさとは何か。守るべきものとは何か。そして彼がやがて行き着く未来とは――。神に棄てられた男の峻烈な生き様を描く、壮大な物語がいま始まる。

著／美浜ヨシヒコ
イラスト／fame

電撃の新文芸

勇者刑に処す

懲罰勇者9004隊刑務記録

世界は、最強の《極悪勇者》どもに託された。絶望を蹴散らす傑作アクションファンタジー！

　勇者刑とは、もっとも重大な刑罰である。大罪を犯し勇者刑に処された者は、勇者としての罰を与えられる。罰とは、突如として魔王軍を発生させる魔王現象の最前線で、魔物に殺されようとも蘇生され戦い続けなければならないというもの。数百年戦いを止めぬ狂戦士、史上最悪のコソ泥、自称・国王のテロリスト、成功率ゼロの暗殺者など、全員が性格破綻者で構成される懲罰勇者部隊。彼らのリーダーであり、《女神殺し》の罪で自身も勇者刑に処された元聖騎士団長のザイロ・フォルバーツは、戦の最中に今まで存在を隠されていた《剣の女神》テオリッタと出会い――。二人が契約を交わすとき、絶望に覆われた世界を変える儚くも熾烈な英雄の物語が幕を開ける。

著／ロケット商会
イラスト／めふぃすと

電撃の新文芸

傷心公爵令嬢レイラの逃避行 上

溺愛×監禁。婚約破棄の末に
逃げだした公爵令嬢が
囚われた歪な愛とは——。

著／染井由乃
イラスト／鈴ノ助

　事故による２年もの昏睡から目覚めたその日、レイラは王太子との婚約が破棄された事を知った。彼はすでにレイラの妹のローゼと婚約し、彼女は御子まで身籠もっているという。全てを犠牲にし、厳しい令嬢教育に耐えてきた日々は何だったのか。たまらず公爵家を逃げ出したレイラを待っていたのは、伝説の魔術師からの求婚。そして婚約破棄したはずの王太子からの執愛で——？

電撃の新文芸